Clemens Sedmak

Das Land, in dem die Wörter wohnen

Clemens Sedmak

DAS LAND, IN DEM DIE WÖRTER WOHNEN

Tyrolia-Verlag · Innsbruck-Wien

FSC
www.fsc.org
MIX
Papier aus verantwortungsvollen Quellen
FSC® C023419

Mitglied der Verlagsgruppe „engagement“

Umschlaggestaltung: Roberto Baldissera, Agentur für Grafik, Innsbruck
Layout und digitale Gestaltung: Tyrolia-Verlag, Innsbruck
Druck und Bindung: L.E.G.O., Vicenza (I)
ISBN 978-3-7022-3743-1 (gedrucktes Buch)
ISBN 978-3-7022-3744-8 (E-Book)
E-Mail: buchverlag@tyrolia.at
Internet: www.tyrolia-verlag.at

VORWORT

Meine Großmutter Henriette hatte drei Kinder: Günther, Pia und Brigitte. Meinem Vater Günther und seinen beiden jüngeren Schwestern ist dieses Buch gewidmet. Natürlich habe ich meinen Vater nie erlebt, als er ein achtjähriger, sicherlich aufgeweckter, wohl auch sprachgewandter und fürsorglich eingestellter Bub war. Aber ich stelle ihn mir als Buben so ähnlich vor wie den Günther in diesem philosophischen Märchen.

Später wurde mein Vater Rechtsanwalt, der Wahrheit und der Macht des Wortes verpflichtet. Das, was man „das erlösende Wort" nennt, oder auch das, was „das richtige Wort" (*le mot juste*) genannt wird, lagen ihm besonders am Herzen. Das konnte man aus seinen Briefen herauslesen und aus seinen Reden heraushören.

Mein Bruder und ich wuchsen in einer Welt von Büchern auf. In unserem Wohnzimmer sah es so ähnlich aus wie in einer kleinen gemütlichen Buchhandlung – viele Bücher in Wohnzimmeratmosphäre. Die gemütliche Sitzgelegenheit – meine erste Begegnung mit dem Wort „Fauteuil" – durfte nicht fehlen. Viele Stunden ist mein Vater lesend im Wohnzimmer gesessen.

Heute ist der Fauteuil leer. Die Kinder meiner Großmutter Henriette sind schon verstorben. Aber weder sind ihre Stimmen verloren oder vergessen, noch wäre es gut, die Macht des Wortes zu unterschätzen. Worte sind kraftvoll – und können um ihre Kraft gebracht werden, wenn die Grenze zwischen Wahrheit und Lüge verschwimmt.

So will dieses schmale Buch an die Ehrfurcht vor dem Wort erinnern.

Also: Für Günther, Pia und Brigitte. In Dankbarkeit.

1. KAPITEL

BUCHHANDLUNG
SCHLAFLIED WAHRHEIT LÜGE
WÖRTERBUCH **TRAUM** SCHREIBTISCH HAUPTWORT
WIMMERN WORTFAMILIE BÜCHERSTUBE VOLLVERSAMMLUNG
STILLE UNWAHRHEIT GESCHWÄTZ ANMUT SCHEIN STREIT
WORTLOSIGKEIT KICHERN REDEN **GÜNTHER** KRAFTAUSDRUCK
TÄTIGKEITSWORT LEXIKON GEFÄNGNIS LEITER DISKUSSION
KULTUR JAUCHZEN SCHLOSS DER DICHTER WORTSPIEL FREMDWORT
SCHLEIER **SCHOKOLADE** DICHTERWERKSTATT LÜGENSCHMIED
DISKUSSION BRIEF KLOSTER DES SCHWEIGENS ERINNERN GEDANKE GEBET
PLAPPERN FLÜSTERWALD FLUSS DES VERGESSENS FATA MORGANA LÜGENGEBÄUDE
BUCH FLÜSTERN SCHREIBEN SCHLANGE GEBIRGE MENTIRA GEHEIMSPRACHE PARLAMENT
BUCHHANDLUNG SCHLEIER LÜGENLEITER **STUMM** GEPLAPPER JUNGBRUNNEN
WÖRTERBUCH BURG DER LÜGEN HAUPTWORT GUTENACHTGESCHICHTE WIMMERN
LIEBLINGSWORT SONNENSTRAHL SCHWEIGEN NACH HAUSE ANSPRACHE WEISHEIT
UNWAHRHEIT WERBUNG SCHEIN STREIT PLAPPERMÄULCHEN LÜGENPRESSE WORTLOSIGKEIT
KICHERN GEDICHT VERLEUMDUNG KRAFTAUSDRUCK GUTENACHTGEBET BUCHSTABE TÄTIGKEIT
LEXIKON KLUGHEIT ORAKEL GEREDE RECHTSCHREIBUNG SPRACHKULTUR JAUCHZEN
SCHWEIGEKLOSTER ZEITUNG WORTSPIEL KOBOLD FREMDWORT DAHEIM BESCHIMPFUNG
DICHTER BIBLIOTHEK SCHÖNE WORTE VERTRAUEN WORTSCHÖPFUNG SATZ

Zum Mittagessen gab es Gemüsepalatschinken. Papa erzählte begeistert von seiner letzten Bergwanderung mit Freunden.

„Das Wetter war herrlich, und es waren auch nicht zu viele Leute", sagte er, „und von oben hatte man eine wunderbare ..." Er hielt mitten im Satz inne und schüttelte den Kopf. „Jetzt fällt mir das Wort nicht ein." Und er blickte uns ratlos an.

Dann gab es noch Birnenkompott, und das macht Mama immer sehr gut. Den kleinen Vorfall mit Papa hatten wir längst vergessen.

Wir, das sind die Kinder der Familie Henriette, Papa, Mama und die drei Kinder, nämlich Brigitte, Pia und ich. Ich bin Günther. Mit „h". Und ich bin acht Jahre alt, also schon ziemlich groß. Und ich möchte euch jetzt diese Geschichte erzählen. Sie handelt von jenem Land, in dem die Wörter wohnen, die Wörter, die uns verlassen wollten, aber so weit sind wir noch gar nicht. Wir waren eben bei diesem ganz gewöhnlichen Mittagessen an einem ganz gewöhnlichen Donnerstag. Da hat alles begonnen.

Mama hat nach dem Essen das Geschirr zum Abwaschen in die Küche getragen.

„Komm, nimm du die Gläser“, hat sie zu Brigitte gesagt, „und du, Günther, nimm doch die …“ Und dann stockte sie, schüttelte den Kopf und zeigte auf die Kompottschüssel. „Jetzt fällt mir doch wirklich nicht ein, wie dieses Ding heißt.“

Ich habe mir nicht viel gedacht, nur einfach „hoppala“ gesagt, die Kompottschüssel genommen und in die Küche getragen.

Am Nachmittag nach den wieder recht langweiligen Hausaufgaben gingen Pia und ich einkaufen. Ich bin nämlich sehr gescheit und kann das schon ganz alleine. Und auf meine Schwester kann ich auch aufpassen. Sie ist ja erst sieben Jahre alt. Und Brigitte ist fünf.

An diesem Donnerstag ging ich mit Pia in das große Geschäft am Ende der Straße. Wie immer nahm ich eine Einkaufsliste mit, da schreibt mir Mama immer auf, was wir einkaufen sollen. Milch stand da und Äpfel und Bananen und Haferflocken und Zucker und noch allerlei Dinge. Ich bin nämlich stark und kann viel tragen und Pia hilft mir ein bisschen. Im Geschäft war es dann ganz einfach; der alte Herr Wimmer, der mir im Sommer manchmal ein Eis schenkt, hat mir die Sachen gebracht. Alles klappte wunderbar.

Als ich zahlen wollte, hat mich Pia am Ärmel gezupft, „Kann ich das haben?" und auf eine Tafel Schokolade gezeigt. Und, seltsam, wir beide hatten das Wort Schokolade vergessen, es fiel uns einfach nicht mehr ein. Seltsam!

Auf dem Rückweg vom Geschäft trödeln wir gerne ein bisschen herum. Wir bleiben vor Schaufenstern stehen und zählen die Autos, wie viele weiße und wie viele rote. Ich kenne auch schon sehr viele Automarken und kann einen Peugeot und einen Volkswagen leicht unterscheiden. An diesem Tag war es aber wie verhext, ich hatte alle Autonamen vergessen. Und Pia, die sich sonst alle Blumennamen merkt, konnte keine einzige Blume benennen. Und mein Freund Hans, der alle Fernsehsendungen kennt, hatte auf einmal die Namen von allen Sendungen vergessen; und meine Freundin Erika, die sehr gerne liest, konnte mir an diesem Tag nicht einmal sagen, welches Buch sie gerade verschlang. Es war ein eigenartiger Nachmittag.

Und es wurde ein eigenartiges Abendessen. Mama wollte erzählen, was sie am Wochenende gerne unternehmen würde, aber die meisten Wörter fielen ihr einfach nicht ein; Papa wollte wissen, was wir am Nachmittag gemacht hatten, aber wir konnten es ihm beim besten Willen nicht erzählen; uns waren wirklich die Wörter ausgegangen. Papa konnte uns keine Gutenachtgeschichte erzählen, Mama konnte uns kein Schlaflied singen, wir alle gemeinsam konnten unser Abendgebet nicht aufsagen. Und ich wurde immer bedrückter.

Am nächsten Morgen waren wir alle stumm. Papa, Mama, Brigitte, Pia und ich. Uns waren alle Wörter ausgegangen. Alle. Es war fürchterlich. An diesem Freitag war ein Feiertag, und wir mussten nicht in die Schule gehen. Aber wie gerne wären wir in der Schule gewesen, denn es war ein schrecklich öder und langer Tag. Wir konnten nicht richtig spielen, wir konnten nichts lesen, wir konnten nicht miteinander reden, ja wir konnten nicht einmal miteinander streiten. Und ich streite so gern.

„Du wirst sicher einmal einen Beruf haben, in dem du viel streiten kannst“, sagt Mama immer. Aber an diesem Freitag war mir gar nicht nach Streiten zumute. Ich hätte so gern mit Hans und Erika geplaudert oder meine Großmutter besucht. Meine Großmutter kann herrlich Geschichten erzählen. Aber an diesem Freitag war alles stumm.

Wir schlichen durch die Straßen und begegneten nur bedrückten stummen Menschen, die die Köpfe hängen ließen. Der Straßenbahnschaffner machte keine Witze, der Eisverkäufer sagte nicht „Guten Morgen“, Herr Trübitz, unser Nachbar, konnte nicht einmal seinen Hund rufen, was er sonst immer in der Mittagspause tut, denn sein Hund streunt mittags gerne herum. An diesem Freitag war alles still. So gern hätten wir sogar Herrn Trübitz schreien gehört oder die andere Nachbarin mit ihrem Mann schimpfen, aber alle blieben stumm. Schweigend aßen wir zu Abend und schweigend legten wir uns ins Bett.

In dieser Nacht hatte ich einen eigenartigen Traum: Ich träumte vom Land der Wörter, und ich träumte davon, dass die Wörter beschlossen hatten, sich aus der Welt der Menschen zurückzuziehen, weil die Menschen immer mehr Lügen erzählten und falsche Worte gebrauchten, falsche Worte, die schön klingen. Und ich träumte davon, dass die Wörter miteinander beratschlagten, wie es denn weitergehen sollte. Und im Traum sah ich unseren Buchladen, die kleine Buchhandlung in unserer Stadt, in die mich Mama schon als ganz kleines Kind mitgenommen hatte. Irgendwie spürte ich, dass dieser Buchladen der Schlüssel zu allem war. Dann wachte ich auf.

2. KAPITEL

BUCHHANDLUNG
SCHLAFLIED WAHRHEIT LÜGE
WÖRTERBUCH TRAUM SCHREIBTISCH HAUPTWORT
WIMMERN WORTFAMILIE **BÜCHERSTUBE** VOLLVERSAMMLUNG
STILLE UNWAHRHEIT GESCHWÄTZ ANMUT SCHEIN STREIT
WORTLOSIGKEIT KICHERN **REDEN** GÜNTHER KRAFTAUSDRUCK
TÄTIGKEITSWORT LEXIKON GEFÄNGNIS LEITER DISKUSSION
KULTUR JAUCHZEN **BUCH DER WÖRTER** WORTSPIEL FREMDWORT
SCHLEIER SCHOKOLADE DICHTERWERKSTATT LÜGENSCHMIED
DISKUSSION BRIEF KLOSTER DES SCHWEIGENS ERINNERN **XENOS** GEBET
PLAPPERN FLÜSTERWALD FLUSS DES VERGESSENS FATA MORGANA LÜGENGEBÄUDE
BUCH FLÜSTERN **FREUND** SCHLANGE GEBIRGE MENTIRA GEHEIMSPRACHE PARLAMENT
BUCHHANDLUNG SCHLEIER LÜGENLEITER STUMM GEPLAPPER JUNGBRUNNEN
WÖRTERBUCH BURG DER LÜGEN HAUPTWORT GUTENACHTGESCHICHTE WIMMERN
LIEBLINGSWORT SONNENSTRAHL SCHWEIGEN NACH HAUSE ANSPRACHE WEISHEIT
UNWAHRHEIT WERBUNG SCHEIN STREIT PLAPPERMÄULCHEN LÜGENPRESSE WORTLOSIGKEIT
KICHERN GEDICHT VERLEUMDUNG KRAFTAUSDRUCK GUTENACHTGEBET BUCHSTABE TÄTIGKEIT
LEXIKON KLUGHEIT ORAKEL GEREDE RECHTSCHREIBUNG SPRACHKULTUR JAUCHZEN
SCHWEIGEKLOSTER ZEITUNG WORTSPIEL KOBOLD FREMDWORT DAHEIM BESCHIMPFUNG
DICHTER BIBLIOTHEK SCHÖNE WORTE VERTRAUEN WORTSCHÖPFUNG SATZ

Der nächste Morgen war so stumm, wie der letzte Abend geendet hatte. Dennoch fühlte ich mich nicht so niedergeschlagen, mein Traum hatte mir Mut gemacht. Nach dem Frühstück, bei dem wir alle schweigend um den Tisch saßen, gingen Pia und ich in die Stadt; Brigitte nahmen wir zwischen uns. Meine Schwestern wussten nicht, wohin unser Spaziergang gehen sollte, aber ich wusste es genau. Ich führte sie in den Buchladen, von dem ich geträumt hatte.

Es war kein sehr fröhlicher Spaziergang, schweigend trotteten wir an schweigenden Menschen vorbei, mir kam es so vor, als marschierten wir durch eine Geisterwelt. Endlich waren wir beim Buchladen angelangt. Ich machte die Tür auf, und wir gingen hinein.

Unser Buchladen ist mehr eine Bücherstube, es gibt eine gemütliche Leseecke, es gibt einen netten kleinen Ofen, auf dem ein Teekessel stand, es gibt eine Stehlampe, die warmes Licht verstrahlte, und es gibt eine Unmenge von Büchern. Große Bücher und kleine Bücher, dicke Bücher und dünne Bücher, liegende Bücher und stehende Bücher, Bücher mit Bildern und Bücher mit

Zahlen, Bücher mit einem bunten Umschlag und Bücher, die ganz unscheinbar aussahen.

Ich weiß nicht, ob ich das schon erzählt habe, aber ich liebe Bücher. Ein Buch ist wie ein Freund für mich. Mit einem Buch-Freund kann ich in eine ganz eigene Welt gehen, mit diesem Freund kann ich ganz großartige Dinge erleben, mit diesem Freund kann ich träumen und lachen, weinen und traurig sein. Ein Buch ist auch ein geduldiger Begleiter, der immer da ist, wenn ich ihn brauche. Meine Eltern haben ganz viele Bücher, und wenn ich groß bin, möchte ich auch ganz viele Bücher haben.

In der Bücherstube fühle ich mich immer sehr wohl, ich könnte stundenlang bei den Kinderbüchern stehen und in den Büchern blättern, Bilder anschauen, ein paar Seiten lesen, weiterblättern ... So wird es euch nicht wundern, dass ich sofort zu den Kinderbüchern gegangen bin. Ich hab geschmökert und bald die Welt um mich herum vergessen. Ich hörte auch nicht, wie Pia und Brigitte mit dem Buchhändler, einem lieben alten Herrn, redeten, und es fiel mir gar nicht auf, dass sie ganz normal redeten, als wäre die Welt draußen gar nicht stumm geworden. Erst als Pia mich am Ärmel zupfte, wurde ich aufmerksam.

„Hier können wir wieder reden“, sagte sie ganz aufgeregt, „und der Buchhändler kann auch reden, und alle können reden!“

Jetzt erst wurde mir klar, dass wir nicht die Einzigen in der Buchhandlung waren und dass sich eigentlich sehr viele Menschen in der kleinen Bücherstube drängten und munter miteinander schwatzten. Das Reden war wie Musik in meinen Ohren, nach den Stunden der drückenden Stummheit! Es war alles so, wie wir es früher immer gewohnt waren. Und doch, ich kann nicht sagen, warum, war es ein bisschen anders.

Da kam auch der Buchhändler auf uns zu. Er führte Brigitte, die alle Scheu verloren hatte, an der Hand und sagte augenzwinkernd: „Kommt, ich muss euch etwas zeigen.“

Und wir gingen mit ihm in eine Ecke der Bücherstube. Der Buchhändler zog ein großes Buch aus dem Regal. „Das Buch der Wörter“ stand auf dem Umschlag, das konnte ich noch lesen.

„Schlüpft einmal durch dieses Buch“, sagte er, und das taten wir. Wenn ihr nicht wisst, wie das ist, wenn man durch ein Buch schlüpft, dann kann ich euch nur raten, auch in diese Bücherstube zu gehen, denn es ist ganz einfach.

Und nachdem wir durch das Buch geschlüpft waren, waren der Buchhändler und die Bücher und die Bücherstube und die Menschen verschwunden, und wir befanden uns in einem dunklen Gang. Brigitte ist ein bisschen ängstlich und fing natürlich gleich zu weinen an. Pia und ich nahmen sie an der Hand. Wir gingen den halbdunklen Gang entlang, das war die einzige Richtung, in die wir gehen konnten.

Ein bisschen schlotterten sogar mir die Knie, muss ich zugeben, obwohl ich sehr mutig bin und mich selten fürchte, nicht einmal bei Gewittern. Aber in diesem dunklen Gang wurde auch mir ein bisschen bang ums Herz. Aber irgendetwas trieb uns weiter. Es wurde heller und heller und bald traten wir ins Freie in ein weites Land. Direkt vor uns war ein Schild, und auf diesem Schild stand: „Das Land, in dem die Wörter wohnen".

In der Ferne sahen wir kleine Gestalten in bunten Gewändern, die alle in die gleiche Richtung marschierten. Es war eigentlich ein gewaltiger Zug von diesen kleinen Männchen, und ich verstand sofort, dass das die Wörter sein mussten. Ich hatte mir nie überlegt, wie Wörter eigentlich aussehen. Aber dass sie lebendig sind, das war mir klar. Das wissen doch alle, die Bücher lieben.

Dann tauchte ein solches Wörter-Männchen vor uns auf, verbeugte sich und sagte: „Ihr seid sicher die Kinder, die Xenos geschickt hat." Und er fügte hinzu: „Ich bin Freund, ich werde euch begleiten."

Wir schüttelten uns die Hände und mir kam es so vor, als würden wir Freund schon immer kennen; er hatte eine kunterbunte Jacke an und eine karierte Hose und eine Zipfelmütze auf dem Kopf. Wir wurden sofort Freunde. Ich sagte ihm offen, dass ich keinen Xenos kannte, aber er lachte nur und zeigte auf den Menschenzug in der Ferne: „Das sind die Wörter. Sie gehen alle zur großen Versammlung."

Während er sprach, wurde mir klar, warum wir hier in einem ganz besonderen Land waren, ich konnte nämlich nichts hören, aber jedes seiner Worte genau verstehen.

Freund merkte mein Staunen und sagte leichthin: „So ist es. Wir hören nicht mit den Ohren, wir hören mit dem Herzen, mein Freund." Und wieder lachte er.

Dann wurde er auf einmal ernst und sah in die Landschaft hinein. Es war ein schönes, weites, grünes Land, mit Hügeln und Seen, Wäldern und Flüssen, Kräutern und Blumen, Schmetterlingen und Sonnenschein.

„Seht ihr", sagte Freund, „all das ist bedroht." Und er seufzte.

„Bedroht?", fragte Pia, denn sie ist sehr neugierig. „Warum? Erzähl doch!"

Freund aber meinte, wir sollten zuallererst auf die Versammlung gehen. Wir gingen mit ihm und dachten nicht einmal an das Nachhausegehen oder an unsere Eltern. Es schien uns so selbstverständlich, nun in dem Land zu sein, in dem die Wörter wohnen.

Und wir erfuhren von Freund, dass wir zum großen Palaver, in die große Versammlung, gehen würden, wo alle Wörter zusammenkommen würden. Wir lernten, dass Wörter an vielen

Orten gleichzeitig sein können, viele Menschen sagen doch dasselbe zur selben Zeit. Wir erfuhren, dass Wörter ganz verschieden aussehen, je nachdem, was wir Menschen mit ihnen machen. Wir hörten, dass es gute und böse, alte und junge, kranke und gesunde, ja sogar tote und vergessene Wörter gibt. Die Wörter hatten einen König und waren glücklich in diesem Land. All das und vieles mehr erfuhren wir von Freund, und die Zeit wurde uns nie lang.

3. KAPITEL

BUCHHANDLUNG
SCHLAFLIED WAHRHEIT LÜGE
WÖRTERBUCH **KÖNIG** SCHREIBTISCH HAUPTWORT
WIMMERN WORTFAMILIE BÜCHERSTUBE VOLLVERSAMMLUNG
STILLE UNWAHRHEIT GESCHWÄTZ ANMUT SCHEIN STREIT
WORTLOSIGKEIT KICHERN REDEN **LOGOS** KRAFTAUSDRUCK
TÄTIGKEITSWORT LEXIKON GEFÄNGNIS LEITER DISKUSSION
KULTUR JAUCHZEN SCHLOSS DER DICHTER WORTSPIEL FREMDWORT
SCHLEIER SCHOKOLADE **LIEBLINGSWÖRTER** LÜGENSCHMIED
DISKUSSION BRIEF KLOSTER DES SCHWEIGENS ERINNERN GEDANKE GEBET
PLAPPERN FLÜSTERWALD FLUSS DES VERGESSENS FATA MORGANA LÜGENGEBÄUDE
BUCH FLÜSTERN SCHREIBEN SCHLANGE GEBIRGE MENTIRA GEHEIMSPRACHE PARLAMENT
BUCHHANDLUNG SCHLEIER LÜGENLEITER GEPLAPPER **WEISHEIT** JUNGBRUNNEN
WÖRTERBUCH BURG DER LÜGEN HAUPTWORT GUTENACHTGESCHICHTE WIMMERN
LIEBLINGSWORT SONNENSTRAHL SCHWEIGEN NACH HAUSE ANSPRACHE STUMM
UNWAHRHEIT WERBUNG SCHEIN STREIT PLAPPERMÄULCHEN LÜGENPRESSE WORTLOSIGKEIT
ICHERN GEDICHT VERLEUMDUNG KRAFTAUSDRUCK GUTENACHTGEBET BUCHSTABE TÄTIGKEIT
LEXIKON KLUGHEIT ORAKEL GEREDE RECHTSCHREIBUNG SPRACHKULTUR JAUCHZEN
SCHWEIGEKLOSTER ZEITUNG WORTSPIEL KOBOLD FREMDWORT DAHEIM BESCHIMPFUNG
DICHTER BIBLIOTHEK SCHÖNE WORTE VERTRAUEN WORTSCHÖPFUNG SATZ

Wir hatten kein Gefühl dafür, wie lange wir unterwegs waren. Freund war ein treuer Begleiter, der sehr viel zu erzählen wusste. Wir kamen am Jungbrunnen für Wörter vorbei, in den Wörter springen können, wenn sie sich müde fühlen; wir sahen eine graue Siedlung von Hochhäusern, in der unscheinbare Wörter wie „und“ und „nicht“ und „oder“ wohnen.

Wir kamen an einem großen Platz vorbei, dem Stadion der Diskussion. Es sah aus wie ein Fußballplatz bei uns, mit einer Zuschauertribüne und mit Markierungen und die Zuschauer tobten, wir sahen einen Schiedsrichter und zwei Teams mit gelben und mit roten Leibchen, und es sah sehr aufregend aus.

„Hier bekämpfen sich ganze Sätze“, sagte uns Freund, „es ist eine Art Sportplatz, und Ziel ist es, das andere Team mundtot zu machen, es kann recht hart zugehen.“

Dann kamen wir zu einem großen Haus mit vielen Schreibtischen und wichtigen, grauen Männchen mit schwarzen Koffern. „Wörterbuch“ stand auf dem Haus und Freund erklärte uns, dass die Wörter sich hier melden mussten, um ins Wörterbuch aufgenommen zu werden; Wörter, die nicht im Großen Wörterbuch aufschienen, galten als tot oder vermisst. Und Freund erzählte uns die Geschichte von einem Wort, das verlorengegangen war, dann wieder auftauchte und die größten Schwierigkeiten hatte, als lebendiges Wort anerkannt zu werden.

Da waren noch mehrere dieser großen Häuser, das Land der Wörter wird sorgsam verwaltet. Da wird genau festgelegt, welches Wort welche Rechte und Pflichten hat, welches Wort mit welchem Wort eine Verbindung eingehen kann, das Wort „schön“ kann nicht mit dem Wort „grässlich“ zusammengehen, wie klingt denn das, „grässlich schön“?!

Es war ganz lustig, als wir am Standesamt der Wörter vorbeikamen, da können sich Wörter zu einem neuen Wort zusammenschließen, das wird dann in ein großes Buch eingetragen und ins Große Wörterbuch eingeschrieben. Als wir vorbeikamen, hatten eben die Worte „Flug“ und „Scham“ geheiratet und sich entschlossen, als das

Wort „Flugscham“ durchs Leben zu gehen. So geht das also, dachte ich mir!

Und mir wurde klar, warum wir in der Schule so viel über die Wörter lernen mussten, Grammatik nennt sich das, wie die Wörter zueinanderstehen. Und Freund erklärte mir, dass die verschiedenen Wörter auch ganz verschieden leben; Wörter haben auch Kinder, es gibt Wortfamilien, da wohnen verschiedene Wortarten unter einem Dach, zum Beispiel „Wohnung“, „wohnen“, „bewohnt“, „unbewohnt“, „bewohnbar“, „unbewohnbar“ und so weiter. Und jedes Wort hat seine Verwandten, und jedes Wort hat seine Lieblingsplätze, und eigentlich sind die Wörter ja wie wir. Und im Land der Wörter sieht es eigentlich auch aus wie bei uns.

Immer wieder begegneten wir Wörtern, die uns nach unserer Welt befragten und uns von ihrem Leben erzählten … Es ist nicht immer einfach, ein Wort zu sein. Ein Wort ist den Menschen ausgeliefert, es wird gedruckt und geschrieben, gesprochen und gesungen, geflüstert und geschrien. Und nicht immer wollen die Menschen etwas Gutes, wenn sie ein Wort verwenden. Menschen werfen sich im Streit Wörter an den Kopf, um einander wehzutun, und ich musste daran denken, wie oft ich mit Pia und Brigitte gestritten hatte und sie Heulsusen genannt hatte.

Freund erzählte uns auch, dass die meisten Menschen Lieblingswörter haben, zu denen sie eine besondere Beziehung haben. So etwas tut einem Wort natürlich gut, denn es ist schön, gebraucht und gemocht zu werden.

Ich überlegte, was denn wohl mein Lieblingswort sein könnte, und Pia meinte schnippisch: „Das ist doch klar, dein Lieblingswort ist ‚Hoppala'", und ich glaube, sie hatte recht. Ich sage sehr gern „Hoppala", wenn mir etwas einfällt, oder wenn ich an etwas anstoße oder wenn mir etwas aus der Hand rutscht oder wenn ich etwas falsch gemacht habe.

Und wir waren eben noch dabei, über das hübsche Wort Hoppala nachzudenken, das sich bei fast allen Gelegenheiten gebrauchen lässt, als ein kleines, lustig angezogenes Männchen auf uns zusprang, mit einem eingedrückten schwarzen Hut.

„Hallo, ich bin Hoppala!"

Das war natürlich eine Freude! Hoppala erzählte uns, dass es ganz schön anstrengend ist, den Menschen immer in besonderen Situationen zu dienen, denn „Hoppala" sagen wir doch wirklich meistens dann, wenn etwas passiert ist. So muss das Wort Hoppala zur Stelle sein, wenn es Scherben gibt, wenn zwei Menschen zusammenstoßen, wenn die Milch übergeht ...

„Aber das ist mir alles noch zehn Mal lieber als das Leben von meinem Kollegen Beileid. Denn Beileid sagen die Menschen doch nur, wenn jemand gestorben ist. Mein Kollege Beileid ist darum die meiste Zeit seines Lebens auf Beerdigungen und sehr oft meinen die Menschen es gar nicht richtig ernst, wenn sie ‚Beileid' sagen, oder sie wissen nicht einmal mehr genau, was es wirklich heißen soll."

Hoppala ging von nun an mit uns und erzählte uns lustige Geschichten, von Wörtern, die Menschen necken. „Zum Beispiel kitzelt ein Wort einen Menschen, der etwas sagen möchte, an der Zunge; aber es schlüpft einfach nicht heraus. Ihr kennt das sicher, wenn man etwas sagen möchte, aber einem das Wort nicht einfällt, es liegt auf der Zunge, aber man kann es nicht fassen. Das ist dann der Schabernack eines Wortes, das sich versteckt hat. Oder wenn sich Menschen versprechen, wenn sie zum Beispiel ‚essen' statt ‚messen' sagen, da hat sich dann einfach ein freches Wort vorgedrängt und das andere beiseitegestoßen."

Wir kamen an schönen Häusern und bescheidenen Hütten vorbei, am Schloss des Wortes „Okay", das sehr erfolgreich ist, am Häuschen des Wortes „Danke", das in immer bescheideneren Verhältnissen wohnen muss, an Bächen und Wiesen, und es sah wirklich so aus wie die Landschaft hinter unserem Haus. Unterwegs trafen wir gute Bekannte wie das Wort Sommerferien oder das Wort Regen, aber auch Wörter, die wir nicht kannten und die sich uns als Idiosynkrasie und Kontamination vorstellten, die sahen schon seltsam aus!

So verging die Zeit schnell, und wir kamen alle gemeinsam an den großen Versammlungsort, an dem sich alle Wörter eingefunden hatten. Alle. Es war ein unübersehbares Meer von Wörtern, wir saßen mit Freund und Hoppala und Sommerferien auf einem kleinen Hügel und überblickten den großen Platz, auf dem es wimmelte und die Wörter durcheinanderliefen.

Freund erklärte uns, dass die letzte Vollversammlung aller Wörter vor vielen Jahren abgehalten worden war, als die Menschen die ersten Wörter in Bücher druckten, um sie festzuhalten. Immer mehr Wörter wurden in immer kürzerer Zeit gebraucht, und die Wörter überlegten, wie sie damit umgehen sollten. Und einmal, vor langer, langer Zeit, hatte es eine Versammlung gegeben, als die Menschen die Schrift erfanden und erstmals Wörter auch niederschrieben und nicht mehr bloß im Gespräch verwendeten. Und vor Urzeiten, daran kann sich kaum noch ein Wort erinnern, gab es einmal eine Versammlung, als die Menschen die Tiere und Pflanzen benannten und die meisten Wörter das erste Mal verwendeten und so erstmals mit dem Land der Wörter tiefere Erfahrungen machten.

Doch das war lange her. Als wir Freund fragten, was denn der Anlass der heutigen Versammlung wäre, sagte er nur geheimnisvoll: „Das werdet ihr schon sehen."

Wir nahmen unsere Plätze ein. Wie waren wir erstaunt, als uns Freund zu Sesseln führte, auf denen Günther, Pia und Brigitte auf Täfelchen stand.

„Jaja, ihr werdet erwartet", sagte er nur.

Dann wurde es langsam stiller, und die Wörter lauschten aufmerksam. An einem Ende des riesigen Versammlungsplatzes bewegte sich ein kleiner Zug von Wörtern auf den großen Thron in der Mitte zu.

„Das ist der Einzug des Königs Logos", flüsterte mir mein Nachbar, das Wort Müdigkeit, gähnend zu.

Der König war ein kleines Wort mit weißem Gewand, auf dem nicht ein einziger schwarzer Fleck zu sehen war.

„Sein Beiname ist ‚Der Unsagbare'", flüsterte mir Freund zu.

König Logos nahm unter allgemeinem Schweigen auf dem Thron Platz. Dann standen alle Wörter auf und hielten mit dem König eine Minute des Schweigens. Denn nur durch das Schweigen können Wörter leben, erklärte mir Freund später. Daraufhin eröffnete König Logos feierlich die Versammlung. Ich habe mir seine Ansprache nicht in allem gemerkt, aber so ungefähr kann ich mich noch an seine Gedanken erinnern, auch wenn ich nicht alles verstanden habe.

„Liebe Wortgemeinschaft“, sagte der König, „ich begrüße euch alle ganz herzlich zu dieser Versammlung. Wieder einmal geht es um unser Überleben. Wieder einmal geht es um unsere Beziehung zu den Menschen. Die Wörter aus meinem Reich werden immer öfter zurückgedrängt von Wörtern der Lüge, von falschen Wörtern, von Wörtern, die schön klingen, aber das Falsche sagen, also der Lüge dienen. Wir haben Angst, dass die Menschen Angst vor uns haben, Angst vor der Wahrheit, die wir bringen. Darum halten wir jetzt diese Versammlung ab. Alle Wörter haben sich ganz aus der Welt der Menschen zurückgezogen, der Schleier der Wortlosigkeit ist über die Menschen gefallen. Die heutige Versammlung ist durch das Leiden der Wörter an den Lügen der Menschen notwendig geworden. Es gibt eben immer mehr Wörter, die nicht in meinem Buch stehen, die also nicht von mir getauft worden sind, die also nicht dem Gesetz unseres Landes unterstehen. Ich bitte die Wörter Weisheit und Stille die derzeitige Lage zu erklären."

So erhob sich ein altes Wort mit schneeweißen Haaren und einem weißen Gewand, auf das aber viele Buchstaben gestickt waren.

„Unbenennbarer König, liebe Wörter", begann Weisheit, „ich will nicht schwätzen, sondern nur ganz kurz sagen, dass die Lage ernst ist. Die Menschen lügen. Die Menschen wollen Wörter, mit denen sie lügen können. Immer mehr Menschen haben Angst vor uns. Immer mehr Menschen missbrauchen die Wörter. Dazu wollen sie nicht uns, sondern schönklingende Wörter, mit denen sie lügen können; dazu kommt, dass es immer mehr Wörter gibt, die nur der Lüge dienen; es sind schlechte Wörter, es sind Wörter der Lüge und der Unwahrheit. Wir wissen nicht, woher diese Wörter kommen; sie haben nichts mit unserem König, dem Unsagbaren, zu tun. Und diese Wörter werden immer zahlreicher. Und die Menschen verstehen die wichtigen Wörter nicht mehr. Die Wörter Verzeihung, Barmherzigkeit oder Selbstlosigkeit sind zum Gespött geworden, oder, noch schlimmer, die Menschenkinder wissen nicht einmal mehr, was diese Wörter bedeuten. Das Wort Gutmensch ist zum Schimpfwort geworden. Die Lage ist ernst. Unser Land ist bedroht. Wir müssen handeln."

Weisheit setzte sich und der König gab einem anderen Wort ein Zeichen. Es war das Wort Stille, ganz in Schwarz gekleidet, in dem schlichtesten und doch schillerndsten Gewand, das ich je gesehen hatte.

„Unbenennbarer König, liebe Wörter, wir Wörter sind geschaffen, um Verständnis und Einsicht, um Weisheit und Einverständnis, um Zusammenleben und Vertrauen möglich zu machen. Und wir sind geschaffen, die Wahrheit zu sagen. Als es keine Wörter gab, war die Welt der Menschen blind, wüst und leer. Die Menschen konnten nicht miteinander reden und sie konnten sich auf die Dinge nicht verlassen, weil sie keine Namen für diese Dinge kannten. Das hat sich mit dem Geschenk der Wörter an die Menschen geändert. Wir Wörter machen es den Menschen möglich, sich in der Welt der Dinge zurechtzufinden, und allem, was ihnen wichtig ist, einen Namen zu geben. Wir helfen den Menschen, zueinander Vertrauen zu haben, weil die Menschen einander Wichtiges sagen können. So haben die Wörter dem Verständnis und der Liebe gedient. Heute hat sich das geändert. Die Menschen leben in einer Welt der Lüge und des Scheins und sie suchen Wörter der Lüge und des Scheins. Wir haben uns im Rat der Sprache beraten und sind zu dem Schluss gekommen, dass die Wörter in Streik treten sollten. Die Wörter sollten einfach aufhören, den Menschen zu dienen, kein Wort wird in die Welt der Menschen kommen, und die Stummheit, die bereits um sich gegriffen hat, wird bei den Menschen anhalten."

Stille setzte sich und die Wörter sahen sich betreten an. Auch ich war furchtbar erschrocken, denn ich rede gerne und viel und die Vorstellung, dass das drückende Schweigen daheim so weitergehen sollte, war schrecklich. Sogar Brigitte, unserem Plappermäulchen, hatte es die Sprache verschlagen. König Logos hatte sich indessen erhoben.

„Ich bitte um Vorschläge und Bemerkungen“, sagte er nur. Dann setzte er sich.

Fröhlichkeit, ein guter Bekannter von Freund, meldete sich zu Wort: „Ich glaube, dass hier schwarz gemalt wird. Noch immer haben wir viel Spaß mit den Menschen, und gerade weil es viele Lügen-Wörter gibt, die von weiß Gott woher kommen, braucht es uns, als Ausgleich. Sonst gibt es nur mehr die Lügen-Wörter, und das macht die Menschen doch bestimmt nicht glücklich.“

Dem schlossen sich Heiterkeit, Hoffnung und das kleine Wort lustig an. Und lustig fügte hinzu: „Wir können ja die Kinder fragen, wie es ihnen in einer stummen Welt gefällt.“

Alle Wörter fanden den Vorschlag großartig, und so musste ich – Pia und Brigitte waren einfach zu feige – vor der ganzen großen Versammlung etwas sagen. Ich möchte hier nicht aufschreiben, was ich gesagt habe, denn Papa meint, es ist unhöflich, sich selbst zu nennen, aber ich erzählte den Wörtern, wie schrecklich es in unserer Welt zuging, seit sie sich zurückgezogen hatten, wie trübsinnig meine Freunde geworden waren, wie traurig meine Eltern und wie bedrückend die Stimmung war und wie grau die Welt ohne die Wörter.

Das gab den Wörtern wirklich zu denken und nach langem Gemurmel und Gerede meldete sich Weisheit wieder zu Wort.

„Ihr seht, dass es noch nicht zu spät ist. Es gibt Menschen, denen wir am Herzen liegen. Ohne uns sind die Menschen stumm. Es könnte gefährlich sein zu streiken. Die Seelen der Menschen würden an der Wortlosigkeit leiden. Sie würden unglücklich werden und das Einzige, was ihnen an Wörtern bliebe, sind die Lügen-Wörter, sind Verleumdungen und Beschimpfungen, Flüche, falsche Freundlichkeiten, Kraftausdrücke. Diese schlechten Wörter stammen nicht aus unserem Land; wir wissen nicht, woher sie kommen. Ich glaube, der einzige Weg, den wir gehen können, ist es, das Land ausfindig zu machen, in dem diese schlechten Wörter wachsen und gedeihen, geboren werden und leben, und den Kampf mit ihnen aufzunehmen."

Die anderen Wörter nickten zustimmend und sahen sehr erleichtert aus, dass Weisheit eine Lösung gefunden hatte.

„Allerdings“, fuhr Weisheit fort und strich über sein buchstabenübersätes Gewand, „allerdings ist diese Aufgabe für ein Wort zu groß; wir Wörter sind an das Buch des Unbenennbaren gebunden, die Weite der Sprachlosigkeit ist uns verschlossen. Diese Aufgabe, gegen die Lügen-Wörter zu kämpfen, kann kein Wort auf sich nehmen.“

Bei dieser Erklärung ließen die meisten Wörter die Köpfe hängen. War es dann aussichtslos? Weisheit schwieg und alle anderen Wörter schwiegen angestrengt mit.

Ich weiß nicht, was in mich gefahren war, aber die Wörter taten mir leid, und ich hatte schon Freunde unter ihnen, und ich wollte ihnen helfen, und ich hatte ganz genau zugehört, und so drängte ich mich auf einmal nach vor und sagte: „Aber wir können es doch machen!“

Ich könnte euch jetzt natürlich erzählen, dass ich mit fester Stimme sagte, „Aber wir können es doch machen“ und dass die Wörter begeistert und erleichtert und dankbar und froh waren, aber ich will euch nicht anschwindeln. Vor Aufregung hatte ich eine ganz piepsige Stimme, die mir ganz fremd klang. „Aber wir können es doch machen", piepste ich, und die Wörter sahen mich zweifelnd an und das muskelbepackte Wort Kraft meinte nur, „Du bist viel zu schwach", und das eitle Wort Klugheit mit der dicken Brille sagte leichthin, „Ihr seid doch nicht klug genug", und das zahnlose Wort Alter murmelte „Viel zu jung, viel zu jung". Und Brigitte fing gar zu weinen an, und ich kam mir sehr klein und lächerlich und verloren vor.

Da stand König Logos auf und alles verstummte. Er rief mich zu sich und sah mir in die Augen. Ich hatte noch niemals solche Augen gesehen, ausdrucksvoll und ausdruckslos in einem. Er fragte mich mit leiser, doch durchdringender Stimme: „Welche Wörter möchtest du als Begleiter mitnehmen auf dem langen Weg?"

Und ohne zu zögern wünschte ich mir Freund und Hoppala. Der König nickte, wandte sich dann an die Versammlung und sagte nur: „So sei es denn. Viel Glück!" Dann schüttelte er mir die Hand mit einem Händedruck, der mir wie Feuer durch Mark und Bein fuhr, und reichte mir einen Brief. „Öffne diesen Brief erst, wenn du weißt, dass es Zeit ist", sagte er und zog sich mit seinem Gefolge zurück.

Viele Wörter liefen ihm nach, wohl um ihn umzustimmen, doch viele Wörter drängten sich auch um mich, fragten dies und fragten das, und ich wusste schon gar nicht mehr, was ich sagen sollte. Da sah ich zum Glück Hoppala und Freund, der meine Schwestern an der Hand führte, auf mich zukommen. Sie wussten ja, dass ich um ihre Begleitung gebeten hatte.

„Nun beginnt die große Suche", sagte Freund.

4. KAPITEL

BUCHHANDLUNG
SCHLAFLIED WAHRHEIT LÜGE
WÖRTERBUCH TRAUM **VERBALIA** HAUPTWORT
WIMMERN WORTFAMILIE BÜCHERSTUBE VOLLVERSAMMLUNG
STILLE UNWAHRHEIT GESCHWÄTZ SCHEIN STREIT
WORTLOSIGKEIT KICHERN REDEN **ANMUT** KRAFTAUSDRUCK
TÄTIGKEITSWORT LEXIKON GEFÄNGNIS LEITER DISKUSSION
KULTUR **MAUER DES SCHWEIGENS** WORTSPIEL LEXIKON FREMDWORT
SCHLEIER SCHOKOLADE DICHTERWERKSTATT LÜGENSCHMIED
DISKUSSION BRIEF KLOSTER DES SCHWEIGENS ERINNERN GEDANKE GEBET
FLÜSTERWALD **TURM DER FREMDWÖRTER** FATA MORGANA LÜGENGEBÄUDE
BUCH FLÜSTERN SCHREIBEN SCHLANGE GEBIRGE MENTIRA GEHEIMSPRACHE PARLAMENT
BUCHHANDLUNG SCHLEIER LÜGENLEITER STUMM GEPLAPPER JUNGBRUNNEN
WÖRTERBUCH BURG DER LÜGEN HAUPTWORT GUTENACHTGESCHICHTE WIMMERN
LIEBLINGSWORT SONNENSTRAHL SCHWEIGEN NACH HAUSE **ORAKEL** WEISHEIT
UNWAHRHEIT WERBUNG SCHEIN STREIT PLAPPERMÄULCHEN LÜGENPRESSE WORTLOSIGKEIT
KICHERN GEDICHT VERLEUMDUNG KRAFTAUSDRUCK GUTENACHTGEBET BUCHSTABE TÄTIGKEIT
LEXIKON KLUGHEIT ANSPRACHEGEREDE RECHTSCHREIBUNG SPRACHKULTUR JAUCHZEN
SCHWEIGEKLOSTER ZEITUNG WORTSPIEL SUCHE FREMDWORT DAHEIM BESCHIMPFUNG
DICHTER BIBLIOTHEK SCHÖNE WORTE VERTRAUEN WORTSCHÖPFUNG SATZ

Wir begannen sogleich mit unserer Aufgabe. Freund schlug vor, zuerst zu Orakel zu gehen, der Wörter in allen Lebenslagen beriet. Er hatte sein kleines Zelt ein wenig außerhalb des Versammlungsplatzes, und als wir hinkamen, stand schon eine große Schlange von Wörtern vor dem Zelt und wartete darauf, von Orakel beraten zu werden. Endlich kamen wir an die Reihe.

Wir traten in ein halbdämmriges Zelt. Hinter einem Tisch mit einer großen Kristallkugel saß ein uraltes Wort, dessen Gesicht ich nicht sehen konnte. Es wünschte uns einen Guten Tag und hieß uns, Platz zu nehmen.

„Wir wollen fragen …", begann Freund …

„Ich weiß, ich weiß", murmelte Orakel, „ich werde jetzt die Karten werfen, um zu erkunden, wo ihr eure Suche beginnen müsst."

Orakel holte einen Stapel Spielkarten aus einer Ecke. Wenigstens sahen sie aus wie die Spielkarten, mit denen wir manchmal an einem Sonntag spielen. Aber als es sie dann gemischt und aufgeschlagen hatte, sah ich, dass es doch ganz andere Karten waren. Die erste Karte, die Orakel aufschlug, zeigte eine Stadt, die zweite eine Tänzerin, die dritte ein Bett.

Feierlich verkündete uns Orakel: „Ihr müsst in die Stadt Verbalia hineingehen, dort die freundliche Anmut besuchen und einmal in der Stadt übernachten. Alles Weitere werdet ihr sehen."

Wir waren tief beeindruckt und stammelten Worte des Dankes; Freund wollte Orakel Geld geben, doch Orakel winkte ab: „Ich wünsche euch alles Gute bei eurer Suche. Vergesst nicht: Ich habe die Ahnung, dass alles gutgehen wird."

Und solcherart ermutigt, verließen wir Orakel und machten uns auf den Weg in die Stadt.

Verbalia ist die Hauptstadt des Landes, in dem die Wörter wohnen. Die Stadt war nur einen Steinwurf weit von dem großen Versammlungsplatz entfernt, und bald schon gingen wir durch nette saubere Straßen mit hübschen Häuserreihen. Wir kamen am Brunnen des Murmelns vorbei, dessen Rauschen wie das Raunen einer Menschenmenge klang, wir legten unsere Hand auf die Mauer des Schweigens, an der sich die Wörter von Sprache, Klang und Gerede ausruhen konnten; kein Laut war an dieser Mauer zu hören. Wir hielten inne beim Denkmal des Vergessenen Wortes, das an all jene Wörter erinnerte, die im Lauf der Menschheitsgeschichte einfach vergessen worden waren; wir schlenderten an den Regierungsgebäuden vorbei, am Ministerium für Rechtschreibung, am Ministerium für Sprachkultur, am Ministerium für Wortneuerungen, am Ministerium für menschliche Angelegenheiten. Wir sahen aus der Ferne den Königspalast, wir kauften einem Straßenhändler Kastanien in Form von Buchstaben ab, wir drehten auf dem Vergnügungsplatz das Zufallswortkarussell, wir kauften ein Los für die große Satzlotterie, in der man eine Woche in einem Schweigekloster gewinnen konnte. Wir kamen an der Wortzeitung vorbei, die auf einem großen Stein stand, sodass alle die Neuigkeiten lesen konnten; jeden Abend, erklärte uns Hoppala, würde diese Zeitung zusammenfallen und sich ganz von selbst wieder neu zusammensetzen. Wir lasen über die Große Versammlung und die große Suche der Menschenkinder und fühlten uns sehr wichtig und geehrt.

Spät am Nachmittag klopften wir an die Tür eines netten Häuschens in einer ruhigen Nebenstraße direkt neben dem Museum der Wortspiele. Eine zierliche ältere Dame öffnete.

„Willkommen, schön, dass ihr gekommen seid. Ich bin Anmut", sagte sie und wies uns den Weg in ein gemütliches Wohnzimmer. Anmut brachte Saft und Kuchen, und ich musste insgeheim die Leichtigkeit und Eleganz bewundern, mit der sie sich bewegte.

„Anmut ist eine Freundin von mir", sagte Hoppala, „obwohl wir uns selten im Land der Menschen begegnen. Anmut ist ein altes Wort, das heute recht selten gebraucht wird und deshalb ein ruhiges Leben führen kann, ohne Hektik."

„Ja", sagte Anmut, „ich bin nicht einmal sicher, ob ihr mich noch kennt, ich werde selten gebraucht, und bald werde ich wohl ins Altersheim übersiedeln." Und ihre Augen wurden für einen Augenblick ganz traurig.

Später erzählte mir Freund, dass es mit den Wörtern ganz eigenartig ist: Je öfter sie von den Menschen in gutem Sinn gebraucht werden, desto kräftiger sind sie, desto vielfältiger ihre Bedeutung und damit ihre Kraft. Wenn ein Wort aber einmal nicht mehr so oft gebraucht wird, weil die Menschen andere Wörter gefunden haben oder sich das Leben der Menschen geändert hat, dann verliert ein Wort an Kraft, altert und wird schwächer und schwächer. Diese alten Wörter ziehen sich dann mehr und mehr zurück und kommen am Ende in ein Pflegeheim.

Anmut wollte uns unbedingt sehen, weil sie spürte, dass ihr Leben sich schön langsam dem Ende zuneigte. Sie fragte uns nach unseren Eltern und nach unseren Schulbüchern und nach dem Leben in Stummheit. Brigitte wurde es bald langweilig und sie begann, mit dem Tischtuch zu spielen. Ich wies sie flüsternd zurecht, aber Anmut hatte es schon bemerkt und sagte lächelnd: „Brigitte, ich glaube, du bist eine Tänzerin, gehen wir ins Nebenzimmer."

Dort wählte sie Tanzmusik aus und tanzte mit Brigitte den anmutigsten Tanz, den ich je gesehen hatte, und Brigitte, die sich gerne dreht und biegt und wendet, war ganz begeistert und überhaupt nicht mehr gelangweilt, und auch Pia, die Musik sehr gerne hat, tanzte mit.

Ich weiß nicht, wie lange wir getanzt haben, die Zeit verflog, und auf einmal sagte Anmut: „Es tut mir leid, ich muss einen Besuch im Krankenhaus machen, und die Besuchszeit ist bald zu Ende."

Auf dem Weg zum Krankenhaus erzählte uns Anmut, dass Wörter sehr leicht krank werden, wenn sie am falschen Ort gebraucht werden, wenn unachtsam mit ihnen umgegangen wird, wenn sie ihre Bedeutung eingebüßt haben.

„Ich besuche heute meine Freundin Frömmigkeit", sagte Anmut, „sie hat viel mitgemacht, in meiner Jugend war sie eines der beliebtesten und tatkräftigsten Wörter überhaupt, und jetzt ist sie schwach und krank und manchmal fürchten die Ärzte, sie könnte sterben und nur mehr als Erinnerung in Büchern weiterleben. Sie wird nicht mehr verstanden, sie wird fast nur mehr von seltsamen Menschen gerufen, bei denen sie sich nicht wohl fühlt, und das macht sie traurig. Ich besuche sie jede Woche. Sie leidet an einer schlimmen Krankheit", fuhr Anmut fort, „diese heißt Bedeutungsverlust."

Das Krankenhaus war so, wie Krankenhäuser nun einmal sind. Viele Schilder wiesen auf die verschiedenen Abteilungen hin. Da gab es eine Abteilung für überbeanspruchte Wörter, eine Abteilung für missbrauchte Wörter, eine Abteilung für Wörter, die eben einen schwierigen Bedeutungswandel durchmachten …

Ärztinnen und Pfleger liefen geschäftig herum. Anmut führte uns in die Abteilung für Bedeutungskranke und brachte uns ins Zimmer von Frömmigkeit. Leise traten wir ein. Frömmigkeit lag im Bett, eine alte Frau mit warmem Lächeln. Sie begrüßte uns freundlich und erkundigte sich flüsternd, ob wir jeden Abend unser Gutenachtgebet sprachen. Sie war ganz glücklich, als wir das bejahten.

„Solche Kinder können mich gesund machen", sagte sie und sah dabei Brigitte an, die selbst ganz fasziniert von Frömmigkeits großem Kreuz war, das über dem Bett hing.

Neben Frömmigkeit im selben Zimmer lagen die Wörter Freude und Heimat. Frömmigkeit erzählte uns, dass auch Barmherzigkeit und Verzeihung lange im Krankenhaus gewesen und nun ins Altersheim übersiedelt waren. „So wird es mir auch einmal gehen“, seufzte sie, „vielleicht dauert es gar nicht mehr lange.“

Wir versuchten, sie zu trösten. Dann drängte Anmut zum Aufbruch.

„Die Besuchszeit ist vorüber, und Frömmigkeit braucht Ruhe zum Beten“, meinte sie, und wir verabschiedeten uns gehorsam. Vor dem Krankenhaus umarmte uns Anmut noch einmal, dankte für unseren Besuch und wünschte uns alles Gute.

„Ich hätte euch gern etwas geschenkt, aber ich habe leider nichts bei mir – doch“, sagte sie dann und griff in ihre Tasche. Sie holte einen bunten Schal hervor, den sie in Pias Hand legte. „Leg diesen Schal unter dein Kopfkissen und du wirst einen Traum haben, der dir weiterhilft“, sagte sie, „ich habe eine Freundin im Land der Träume, und sie hat mir diesen Schal geschenkt und gesagt, ich soll ihn jemandem geben, der ihn wirklich braucht, und ich werde wissen, wenn es so weit ist. Und jetzt ist es so weit. Ich wünsche euch viel Glück bei eurer Suche, ich bin sicher, dass euch der Schal hilft!“

So schieden wir voneinander.

Es war mittlerweile dunkel geworden, ein wenig unheimlich war es, als wir am Friedhof der verstorbenen Wörter vorbeikamen. Freund erzählte uns, welche Wörter hier begraben lagen, aber ich kann mich leider an kein einziges mehr erinnern, weil ich diese Wörter noch nie gehört hatte. Gleich neben dem Friedhof stand ein hoher, neumodischer Turm, dessen zahllose Glasfenster noch erleuchtet waren.

„Was ist denn das?“, fragte ich meine Begleiter.

„Das ist der Turm der Fremdwörter“, sagte Hoppala verächtlich, „die sind furchtbar eingebildet und furchtbar gescheit, und sie verkehren nicht mit den ganz gewöhnlichen Wörtern.“

„Was sind denn Fremdwörter?“, fragte ich zurück.

„Sei froh, dass du sie nicht kennst. Sie haben Namen wie Metronymikon oder Receptaculum oder Degression; du wirst sie schon noch kennenlernen, sie sind, glaub ich, ziemlich überflüssig. Das würden sie aber nie zugeben.“

So wanderten wir durch die dunklen Straßen Verbalias, es war Nacht geworden.

„Wir schlafen heute bei mir daheim", sagte Hoppala. „Erschreckt euch nicht über die Unordnung, so bin ich nun einmal. Aber ich hoffe, dass ihr euch wohl fühlt; etwas zu essen werden wir auch noch finden, morgen wird ein anstrengender Tag."

„Der Beginn der großen Suche", fügte Freund hinzu, und ich glaube fast, dass mir ein Schauer den Rücken hinuntergelaufen ist, das hörte sich so feierlich und gefährlich und wichtig an.

5. KAPITEL

BUCHHANDLUNG
SCHLAFLIED WAHRHEIT LÜGE
WORTSCHATZ TRAUM SCHREIBTISCH HAUPTWORT
WIMMERN WORTFAMILIE BÜCHERSTUBE VOLLVERSAMMLUNG
STILLE UNWAHRHEIT GESCHWÄTZ **SUCHE** SCHEIN STREIT
WORTLOSIGKEIT KICHERN REDEN GÜNTHER KRAFTAUSDRUCK
TÄTIGKEITSWORT LEXIKON GEFÄNGNIS ANMUT LEITER DISKUSSION
KULTUR JAUCHZEN **SCHLOSS DER DICHTER** WORTSPIEL FREMDWORT
SCHLEIER SCHOKOLADE HAUS DES WORTES LÜGENSCHMIED
DISKUSSION BRIEF ERINNERN **DICHTERWERKSTATT** GEDANKE GEBET
PLAPPERN FLÜSTERWALD FLUSS DES VERGESSENS FATA MORGANA LÜGENGEBÄUDE
SCHREIBEN SCHLANGE **BUCH** FLÜSTERN GEBIRGE MENTIRA GEHEIMSPRACHE PARLAMENT
BUCHHANDLUNG SCHLEIER LÜGENLEITER STUMM GEPLAPPER JUNGBRUNNEN
WÖRTERBUCH BURG DER LÜGEN HAUPTWORT GUTENACHTGESCHICHTE WIMMERN
LIEBLINGSWORT SONNENSTRAHL SCHWEIGEN NACH HAUSE ANSPRACHE WEISHEIT
UNWAHRHEIT WERBUNG SCHEIN STREIT PLAPPERMÄULCHEN LÜGENPRESSE WORTLOSIGKEIT
KICHERN GEDICHT VERLEUMDUNG KRAFTAUSDRUCK GUTENACHTGEBET BUCHSTABE TÄTIGKEIT
LEXIKON KLUGHEIT ORAKEL GEREDE RECHTSCHREIBUNG SPRACHKULTUR JAUCHZEN
SCHWEIGEKLOSTER ZEITUNG WORTSPIEL KOBOLD FREMDWORT DAHEIM BESCHIMPFUNG
DICHTER BIBLIOTHEK SCHÖNE WORTE VERTRAUEN WORTSCHÖPFUNG SATZ

Am nächsten Morgen begannen wir die große Suche.

Langsam wurde mir bewusst, worauf wir uns eingelassen hatten. Vielleicht könnte es gefährlich werden, und ich hatte eigentlich auch vergessen, dass wir zu unseren Eltern zurückkehren sollten, die machten sich doch schon Sorgen. Brigitte fing auch prompt zu weinen an, sie hatte Heimweh. So hatte ich mir unsere Suche nicht vorgestellt. Ich hatte eher gedacht, dass wir als große Helden ausziehen und mit Ruhm bedeckt zurückkehren würden. Langsam wurde mir angst und bang. War ich voreilig gewesen, König Logos unsere Hilfe zuzusagen?

Pia nimmt die Dinge meist leichter als ich und zeigte sich ganz zuversichtlich. „Das werden wir schon schaffen“, meinte sie, „wir haben doch einen Schutzengel, der uns begleitet. Und dann haben wir ja Freund und Hoppala, die mit uns gehen.“

Das gab mir wieder Mut.

Hoppala fragte Pia, was sie geträumt hatte, und sie sagte, dass sie immer wieder ein Schloss auf einem Hügel gesehen hatte in ihrem Traum. Und da wussten Hoppala und Freund, dass wir unsere Nachforschungen zuallererst im Schloss der Dichter beginnen sollten.

So nahm unsere Suche einen guten Anfang; wir hatten Orakel befragt, und wir hatten Anmut besucht und von ihr den Traum-Schal bekommen; und nun hatten wir einen Traum geschenkt bekommen, der uns den Weg wies. Ja, und Anmut sollten wir später wiedersehen, bei einer dieser Versammlungen, auf denen sich die Wörter mit den Träumen treffen, aber das erzähle ich ein andermal.

Ich weiß nicht, ob ich das schon erzählt habe, aber Verbalia liegt am Ende des Wörterlandes. Was dahinter ist, haben mir Hoppala und Freund nicht sagen können; sie waren noch nie weiter als bis zum Schloss der Dichter gekommen.

Das Schloss der Dichter liegt fast schon jenseits der Grenze, ein wenig außerhalb Verbalias und sieht aus wie eine Burg. Das hohe, eindrucksvolle Haus hat große Fenster und ist von hohen Mauern und einem großen Garten umgeben. Im Schloss der Dichter leben ganz besondere Wesen, die keine Wörter sind, aber mit den Wörtern leben. Es sind Dichter. Wisst ihr, was ein Dichter ist? Ich weiß es auch nicht, aber Papa hat es mir einmal so erklärt: Ein Dichter sitzt am Tisch und hat ein Blatt Papier vor sich und schreibt ein Gedicht. Wisst ihr, was ein Gedicht ist? Ich weiß es auch nicht genau, aber ich glaube, es sind schöne Wörter aneinandergereiht oder Wörter schön aneinander gereiht.

„Im Schloss der Dichter leben Wesen, die Wörter lieben", sagte Freund. „Es sind auch sehr viele darunter, die einmal in der Welt der Menschen gewohnt, sich dort aber nicht zurechtgefunden haben."

Das erstaunte mich. „Wie können denn Menschen in das Land der Wörter kommen?", fragte ich, aber Freund lächelte nur und schwieg.

So ließen wir Verbalia hinter uns, bestiegen den kleinen Hügel, auf dem das Schloss der Dichter liegt, und gelangten zu der hohen Mauer und der riesigen Eintrittspforte. Freund klopfte an die Tür.

„Wer seid ihr und was wollt ihr?", fragte eine sanfte Stimme.

„Wir sind Freund und Hoppala vom Land der Wörter, und wir bringen drei Menschenkinder, die auf der Suche nach dem Bösen sind, das unser Land bedroht."

Das Tor schwang knarrend zurück. Wir traten in einen großen Innenhof, in dem viele Blumen wuchsen; ein Brunnen plätscherte leise vor sich hin, und die Stimmung war so friedvoll und schön, dass es mir ganz warm ums Herz wurde. Eine große Frau mit luftigem Kleid empfing uns, gab uns die Hand, strich Brigitte, die ein wenig verschreckt aussah, über die Wange, sagte zu uns „Ich bin Hilde" und fragte Freund: „Was kann ich für euch tun?"

Freund überlegte einen Augenblick, dann sagte er: „Können wir mit dem Wortlosen sprechen?"

Unsere Gastgeberin sah ihn durchdringend an und schien auch zu überlegen. „Es ist lange her, dass jemand den Wortlosen sprechen wollte", sagte sie dann.

„Ich weiß, glaubt mir, die Kühnheit meiner Bitte erschreckt mich selbst", erwiderte Freund, „aber der Fortbestand unsres ganzen Landes hängt von unserer Suche ab, bei der uns nur der

Wortlose helfen kann. Und du weißt vielleicht, dass in der Welt der Menschen vollständige Stummheit herrscht."

Wieder überlegte Hilde lange und gründlich. „Wir können unser Glück versuchen", sagte sie schließlich. „Wir werden sehen, ob der Wortlose euch die Tür öffnet."

Brigitte, Pia und ich verstanden von dem Ganzen überhaupt nichts, aber das war ja nicht das erste Mal während unseres Aufenthalts im Land der Wörter, und solange Freund und Hoppala bei uns waren, hatten Pia und ich keine und Brigitte fast keine Angst.

Hilde führte uns durch einen Gang mit vielen Säulen und schönen Bildern an der Wand. Nach einiger Zeit weitete sich der Gang und wir gelangten in einen größeren Raum mit vielen Türen; die Türen waren offen und hinter jeder Tür sahen wir jemanden vor einem Schreibtisch sitzen.

„Das sind die Dichterwerkstätten", sagte Hilde, „hier werden neue Wörter gemacht und neue Bedeutungen für die Wörter."

Und sie zeigte uns, dass vor jeder Dichterwerkstatt ein Glas stand, so groß wie ein Marmeladeglas. Die meisten Gläser waren bis zur Hälfte mit so etwas wie Blumensamen gefüllt.

„Das sind die neuen Wörter“, erklärte uns Hilde. Wir pflanzen sie in unserem Garten, im Garten der Wortschöpfung ein, und wenn sie ausgewachsen sind, schicken wir sie zu König Logos für die Wortweihe.“

Ich verstand wieder einmal nicht alles, was uns erzählt wurde, und Hilde konnte uns auch nicht diesen Garten der Neuschöpfungen zeigen, weil die jungen Wörter im Wachstum nicht gestört werden durften. Aber das Schloss der Dichter beeindruckte mich dennoch sehr. Es strahlte eine innere Ruhe und einen Frieden aus, wo immer wir hinkamen. Es machte mich ganz glücklich. Das Schloss der Dichter war wie eine Insel, eine Welt für sich. Die Wesen, denen wir begegneten, waren freundlich, und einmal ließ sich sogar ein ganz bunter Vogel auf einem Strauch direkt neben uns nieder. Auch Pia, die Blumen und Tiere sehr mag, war ganz hingerissen und konnte sich an den vielen wunderschönen Blumen, die uns unterkamen, gar nicht sattsehen.

Schließlich – ich hatte wieder jedes Gefühl für die Zeit vergessen – gelangten wir zu einem sehr, sehr hohen Turm. Er schien kein Ende zu nehmen, und ich konnte nicht sehen, dass der Turm irgendwo aufhörte. Hilde bemerkte meinen Blick und sagte mit einem leisen Lächeln: „Das ist der ewig unfertige Turm. Hier wohnt der Wortlose und hütet den Wort-Schatz."

Und Freund erklärte uns, dass in diesem Turm alle Wörter und alle Augenblicke, in denen ein Wort verwendet worden war, aufbewahrt waren. Alle Wörter und alle Augenblicke! Ich war überwältigt. Hieß das, dass jeder einzelne Satz von mir, von Brigitte und Pia, jeder einzelne Satz, den wir je gesprochen hatten, zu finden war? Freund nickte nur, und mir wurde ganz schwindlig bei dem Gedanken. Wie viel Unsinn hatte ich doch schon geredet, wie viel Gemeines und Unüberlegtes! Ich dachte mir, wenn das Wesen, das in diesem Turm wohnt, all das kennt, wird es uns sicher nicht sehen wollen. Und vielleicht war dann die große Suche hier schon zu Ende. Und wir hatten noch nicht einmal begonnen.

Als ich meinen Schwestern meine Gedanken mitteilte, wurden sie auch ganz verzagt, Brigitte meinte sogar: „Er wird uns ausschimpfen und vielleicht zur Strafe einsperren!“

Hilde hatte unterdessen einen Brief geschrieben und dreimal laut an die Turmmauer geklopft, eine Tür war nirgends zu sehen. Eine Zeitlang geschah nichts, dann wurde auf einmal von ganz, ganz oben ein Korb an einem Strick heruntergelassen, Hilde legte den Brief hinein, und der Korb verschwand, von unsichtbarer Hand gezogen, wieder nach oben. Dann mussten wir warten. Wir mussten lange warten. Wir mussten sehr lange warten. Wir mussten sogar schrecklich lange warten.

Hilde erzählte uns, dass sie mit Besuchern, die mit einem wichtigen Anliegen zum Wortlosen kamen, oft tagelang gewartet hatte. Und meistens lehnte es der Wortlose ab, mit den Betreffenden zu sprechen. „Er will nur jemanden sehen, wenn es wirklich ernst und wichtig ist.“

„Und wer ist der Wortlose?“, wagte ich an dieser Stelle zu fragen.

Hilde sah mich prüfend an. „Der Wortlose ist die geheime Mitte der Sprache. Er schützt den Wort-Schatz. Er ist der Schatzmeister, der Hüter, der Wächter. Er allein weiß, wann was gesagt wurde. Und von wem. Und warum. Er wacht über den Gebrauch der Wörter. Und er kennt sie alle. Alle. Er allein ist es, der immer die Grenze zwischen wichtiger Rede und überflüssigem Geschwätz ziehen kann, er allein weiß, wann welches Wort gebraucht werden sollte. Keiner kennt die Wörter so wie er."

Pia aber war nicht zufrieden: „Wer ist er aber nun, wie sieht er aus, was macht er den ganzen Tag, wer kocht ihm sein Essen, wann geht er schlafen? Hat er eine Frau, hat er Kinder?"

Hilde lächelte ob dieser Flut von Fragen. „Das alles kann ich dir nicht sagen", erwiderte sie schließlich, „ich habe den Wortlosen nie gesehen."

Und Hoppala fügte hinzu: „Wir wissen nur, dass er ganz allein im ewig unfertigen Turm wohnt, der von Tag zu Tag größer und größer wird. Und dass er alle Wörter der Welt, wann immer sie ausgesprochen oder geschrieben wurden, in seiner Bibliothek hat. Viele wollten ihn schon besuchen, gerade Dichter und Denker, auch Stumme und Verzweifelte, auch Plappermäuler und Wortverdreher. Kaum einmal lässt er einen Besucher zu sich."

„Und kein Besucher", setzte Freund fort, „kein Besucher kann uns erzählen, was es denn mit diesem Turm auf sich hat."

„Ja, und der letzte Besucher", ergriff Hilde wieder das Wort, „war zum Zeitpunkt der letzten großen Versammlung hier, er kam aus der Menschenwelt und hieß Gutenberg oder so ähnlich. Oder hieß er vielleicht William Ockham? Ich weiß es nicht mehr so genau. Auf jeden Fall ist es lange, lange her und damals war dieser Besuch sehr, sehr wichtig."

Es war nun schon Abend geworden, und uns wurde langsam kalt; wir wären gern in ein Haus gegangen, anstatt hier vor dem Turm zu warten und zu warten, aber Hilde sagte, wir sollten bleiben. So harrten wir aus; meine Schwestern und ich erzählten aus unserer Welt, wie es in der Schule war, was wir an Büchern zu Hause hatten, was wir zu Mittag aßen und wann wir ins Bett gingen. Hilde war eine aufmerksame Zuhörerin.

So verging die Zeit; mittlerweile war es schon Nacht geworden. Der Mond erhellte das Schloss der Dichter in strahlend weißem Licht, und wären wir nicht so hungrig und erfroren gewesen, hätten wir die Schönheit des Augenblicks sicherlich genossen. Denn Hilde hatte uns nicht einmal etwas zu essen gebracht.

„Das würde der Wortlose nicht billigen", meinte sie, „der Weg zum Wortlosen ist ein steiniger Weg, den nur der gehen kann, der bis zum Ende ausharrt."

Als ich den Hunger spürte und merkte, wie das Leeregefühl in meinem Bauch immer bohrender wurde, kam ich mir sehr tapfer vor. „Eigentlich bin ich ein Held", sagte ich zu mir, aber ich sagte es nicht laut, denn Pia lacht mich dann immer gleich aus.

Ja, und irgendwann, vielleicht waren wir sogar schon ein bisschen eingenickt, hörten wir ein Geräusch, und eine Strickleiter kam aus dem Nichts; wir sahen sie deutlich im Mondschein, konnten aber nicht ausmachen, wie hoch sie war und wo sie anfing.

Hilde war tief bewegt: „Er lässt euch zu sich! Was habt ihr doch für ein Glück! Und nach so kurzer Zeit! Wir haben nicht einmal einen Tag gewartet!"

Freund und Hoppala würden uns nicht begleiten können, der Weg zum Wortlosen war ihnen ebenso verwehrt wie Hilde.

Wir fühlten, dass nun etwas Großes, Gewichtiges auf uns zukäme. So mussten also Pia, Brigitte und ich die Strickleiter hinaufklettern. Natürlich fürchtete sich Brigitte ein wenig, aber Pia und ich redeten ihr gut zu. Ich bin zwar klein, aber sehr stark, und ich sagte Brigitte, sie brauche wirklich keine Angst zu haben. Dann wurde ich aber selber ganz ängstlich, denn die Strickleiter schien nicht aufhören zu wollen; wir kletterten und kletterten und kletterten und immer noch war kein Ende in Sicht.

Endlich sah ich ein großes Fenster im Turm; ich war der Erste auf der Strickleiter und kletterte hinein, dann half ich Pia und Brigitte hineinzukommen. Und sogleich sprang die Strickleiter ins Fenster und das Fenster schloss sich.

Der erste Eindruck war überwältigend. Wir standen auf einem kleinen Balkon und konnten nach oben und nach unten sehen. Der Turm war mild erleuchtet und voll mit Büchern, die fein säuberlich in unzähligen Regalen standen, die durch Wendeltreppen miteinander verbunden waren. Nie zuvor hatte ich so viele Bücher gesehen und nach oben nahm der Turm kein Ende; Bücher, Bücher, Bücher, wo immer man hinschauen mochte. Und gleich neben dem Fenster standen ein Sofa mit gemütlichen, weichen Stühlen, eine Stehlampe, die sanftes Licht verbreitete, und ein Schreibtisch. In einem sehr großen Stuhl saß eine kleine Gestalt, in eine schwarze Kutte gekleidet; auch das Gesicht war von dieser Kutte verhüllt. Das musste der Wortlose sein.

Er wies auf das Sofa und wir setzten uns. Wir wagten nichts zu sagen. Der Wortlose sagte auch kein Wort und sah uns unverwandt an. Oder wenigstens gab er mir den Eindruck, als würde er uns ständig mustern, denn ich konnte ja sein Gesicht nicht sehen. So saßen wir und schwiegen.

Pia hält es nie lange in der Stille aus und irgendwann sagte sie: „Bist du der Wortlose?“

Ihre Worte fielen wie kaltes Wasser in den Raum und durchbrachen die Stille. Ich zuckte richtig zusammen; es war, als ob dies die ersten Worte waren, die seit Urzeiten in diesen Räumen gesprochen worden waren. Die schwarze Gestalt aber nahm es ganz gelassen und nickte.

„Warum zeigst du uns nicht dein Gesicht?“, piepste Brigitte, durch Pias Vorstoß mutig geworden.

Der Wortlose rührte sich nicht.

„Wir kommen wegen der Wörter“, machte nun ich einen Anlauf, „sie haben Angst vor den Menschen und sie haben Angst vor den bösen Wörtern, die nicht aus dem Land der Wörter stammen. Keiner weiß, woher sie kommen. Und wir wollen sie suchen. Das haben wir König Logos versprochen.“

Der Wortlose rührte sich nicht.

Brigitte stellte noch einige Fragen: „Was isst du denn?“, „Wo hast du dein Bett?“, „Wie viele Menschen haben dich schon besucht?“, „Brauchst du etwas, sollen wir dir etwas schicken?“, aber der Wortlose rührte sich nicht.

Lange saßen wir einander schweigend gegenüber, dann fasste ich mir ein Herz und fragte höflich: „Kannst du uns bitte helfen?“

Wieder rührte sich der Wortlose nicht. So schwiegen wir weiter. Irgendwann, es müssen Stunden oder gar Tage gewesen sein, aber wir waren überhaupt nicht müde, sondern immer hellwach, irgendwann also erhob sich der Wortlose plötzlich aus seinem Stuhl – wir erschraken alle – und ging zum großen Tisch. Er nahm ein Buch, das auf dem Tisch lag, und ein weißes seidenes Tuch und drückte es mir in die Hand. Dann machte er ein Zeichen des Abschieds, und das Fenster öffnete sich, und die Strickleiter war wieder da, und auf einmal, ich weiß eigentlich gar nicht mehr wie, waren wir wieder bei Hilde und Freund und Hoppala angekommen, die wirklich treu auf uns gewartet hatten.

Es schien uns, als hätten wir ein großes Abenteuer erlebt und wären als Helden zurückgekehrt. Wir plapperten wild durcheinander, ganz offensichtlich froh, wieder reden zu können. Aber es kam mir so vor, als würden Hilde und Freund

und Hoppala gar nicht verstehen, was wir ihnen erzählten, es hatte den Anschein, als würden wir gegen eine Mauer reden. Und ich musste an Hildes Worte denken, dass niemand von seinem Besuch beim Wortlosen berichten kann. Und tatsächlich, so war es.

Wir zeigten ihnen das Buch und das Seidentuch, aber ich weiß nicht, warum, aber irgendetwas hielt uns davon ab, das Buch zu öffnen; wir spürten auch überhaupt kein Verlangen danach. Mit dem Seidentuch wenigstens konnten sie etwas anfangen.

„Das Kloster des Schweigens", sagte Freund nur, und Hoppala und Hilde nickten.

„Was ist das Kloster des Schweigens?", fragte Pia vorlaut.

„Das wirst du sehen", erwiderte Freund, „auf jeden Fall will der Wortlose, dass ihr dorthin geht, und er weiß ganz sicher genau, warum er uns hinschickt. Hoffentlich lassen sie uns hinein."

Dann lud uns Hilde zu einer Mahlzeit ein, die wir nun wirklich dringend brauchten; im Turm selbst hatten wir unser Hungergefühl vergessen, aber draußen im Freien war uns ganz schwach und elend zumute. Nach einem köstlichen Mahl bedankten wir uns herzlichst bei Hilde, sie schenkte uns noch ein Gedicht zum Abschied, das mit dem Wort „Bitte“ begann, und wir schieden als gute Freunde voneinander.

„Vergesst nicht, dass ihr besondere Menschen seid“, sagte sie noch als Letztes zu uns, „denn der Wortlose weiß, wen er zu sich lässt und wen nicht, und es ist das erste Mal, dass er jemanden in das Kloster des Schweigens schickt. Also, vergesst das nicht.“

6. KAPITEL

BUCHHANDLUNG
SCHLAFLIED WAHRHEIT LÜGE
WÖRTERBUCH TRAUM SCHREIBTISCH HAUPTWORT
WIMMERN WORTFAMILIE BÜCHERSTUBE VOLLVERSAMMLUNG
STILLE UNWAHRHEIT **GESCHWÄTZ** SIEB SCHEIN STREIT
WORTLOSIGKEIT KICHERN REDEN GÜNTHER KRAFTAUSDRUCK
TÄTIGKEITSWORT LEXIKON GEFÄNGNIS **FLÜSTERWALD** DISKUSSION
KULTUR JAUCHZEN SCHLOSS DER DICHTER WORTSPIEL ANMUT FREMDWORT
SCHLEIER SCHOKOLADE DICHTERWERKSTATT LÜGENSCHMIED
DISKUSSION BRIEF **KLOSTER DES SCHWEIGENS** ERINNERN GEDANKE, GEBET
PLAPPERN LEITER FLUSS DES VERGESSENS FATA MORGANA LÜGENGEBÄUDE
BUCH FLÜSTERN SCHREIBEN SCHLANGE GEBIRGE MENTIRA GEHEIMSPRACHE PARLAMENT
BUCHHANDLUNG SCHLEIER LÜGENLEITER STUMM GEPLAPPER JUNGBRUNNEN
WÖRTERBUCH BURG DER LÜGEN **HAUS DES WORTES GOTTES** WIMMERN
LIEBLINGSWORT SONNENSTRAHL SCHWEIGEN NACH HAUSE ANSPRACHE WEISHEIT
UNWAHRHEIT WERBUNG SCHEIN STREIT PLAPPERMÄULCHEN LÜGENPRESSE WORTLOSIGKEIT
ICHERN GEDICHT VERLEUMDUNG KRAFTAUSDRUCK GUTENACHTGEBET BUCHSTABE TÄTIGKEIT
LEXIKON KLUGHEIT ORAKEL GEREDE RECHTSCHREIBUNG SPRACHKULTUR JAUCHZEN
SCHWEIGEKLOSTER ZEITUNG WORTSPIEL KOBOLD FREMDWORT DAHEIM BESCHIMPFUNG
DICHTER BIBLIOTHEK SCHÖNE WORTE VERTRAUEN WORTSCHÖPFUNG SATZ

Das Kloster des Schweigens", erklärte uns Freund unterwegs, „ist ein ganz besonderes Haus. Es ist sehr selten, dass sie Gäste empfangen. Aber der Wortlose hat euch dieses Tuch gegeben. Das ist ein Schleier des Schweigens. Mit diesem Schleier kommt ihr ganz sicher hinein. Aber vergesst nicht, dass es eine große Ehre ist. Ich selbst werde euch nicht begleiten können. Denn das Kloster des Schweigens liegt jenseits des Wörterlandes; und was jenseits der Grenze liegt, ist unbetretbares Land für mich."

Diese Worte stimmten mich traurig, wir hatten Freund und Hoppala lieb gewonnen, sie waren verlässliche Begleiter, und ich fühlte mich sicher und beschützt in ihrer Gegenwart.

Hoppala erriet meine Gedanken und sagte: „Ja, dann müsst ihr auf eigenen Beinen gehen, fürchte ich. Aber wie Hilde schon gesagt hat, ihr seid besondere Menschen."

Unterdessen waren wir den Hügel, auf dem das Schloss der Dichter liegt, hinuntermarschiert und gingen nun durch den Flüsterwald, den Wald des Raunens; der Wind strich durch die Äste und

Blätter, als wollte er mit uns sprechen. Ich fühlte mich wie verzaubert, und Brigitte sammelte Tannenzapfen, und Pia hielt nach Beeren Ausschau, und es war wie bei uns daheim bei einem Sonntagsausflug mit Mama und Papa.

Freund und Hoppala erklärten mir, was es mit dem Kloster des Schweigens auf sich hatte.

„Ich kann dir nur sagen, was ich gehört habe", meinte Hoppala, „wir wissen, dass im Kloster des Schweigens Mönche leben, die nie auch nur ein Wort miteinander wechseln. Sie habe strengste Schweigepflicht; jeder Mönch lebt in einem eigenen kleinen Häuschen, bebaut seinen eigenen kleinen Garten und die Mönche treffen sich nur einmal in der Woche, dann beten sie den ganzen Tag schweigend miteinander. Das Kloster des Schweigens liegt am Fluss des Vergessens, den noch nie jemand überquert hat; es ist die Grenze des Wörterlandes. Das Kloster selbst ist wie eine Insel am Rande der Welt."

„Und es ist auch nicht einfach, dorthin zu kommen", fuhr Freund fort, „rund um das Kloster liegt der Sumpf des Geschwätzes, der sich immer weiter ausbreiten würde, wenn das Kloster mit seinen Gärten nicht wäre. Hoffentlich geht alles gut, ich möchte nicht, dass euch etwas zustößt."

Wieder wurde mir bei seinen Worten die Größe unseres Unternehmens bewusst, und ich drehte mich nach meinen Schwestern um, die aber ganz vergnügt Verstecken spielten.

Im Lauf der Zeit wurde der Boden immer schlüpfriger, der Waldboden verwandelte sich nach und nach in einen Sumpf. Freund wies uns an, unsere Schuhe auszuziehen, denn der Sumpf würde noch tiefer werden. Anfangs machte es uns noch Spaß, durch den Schlamm zu waten, denn das durften wir zu Hause nie. Brigitte machte es eine geradezu diebische Freude, uns mit Dreck zu bespritzen; Mama wäre entsetzt gewesen, hätte sie das gesehen.

Doch der Sumpf wurde tiefer und zäher, und es wurde immer schwieriger weiterzukommen. Einmal blieb Brigitte stecken und fing zu schreien an, Hoppala und ich zogen sie wieder heraus.

„Wieso heißt das eigentlich Sumpf des Geschwätzes?", fragte Pia.

Freund war um eine Antwort nicht verlegen: „Wann immer du etwas Dummes sagst oder einfach etwas daherredest, anstatt wirklich etwas zu sagen, lagert sich das Wort im Sumpf des Geschwätzes ab, und der Sumpf wird größer. Was ihr hier seht, ist das Geschwätz der Menschen."

Und Freund zeigte auf das riesige Sumpfgebiet, das vor uns lag. Ich fühlte mich ganz schlecht, denn ich rede wirklich viel, und meine Eltern haben schon öfter gesagt, dass ich ein Plappermäulchen bin, ich wollte wirklich nicht dazu beitragen, dass sich der Sumpf immer weiter ausbreitete und der Flüsterwald kleiner und kleiner wurde. Und ich nahm mir vor, besser auf meine Worte zu achten. (Aber jetzt merke ich beim Erzählen, dass ich meinen Vorsatz vielleicht nicht immer ganz streng eingehalten habe.)

Hoppala schlug vor, wir sollten vorsichtig hintereinander gehen; einer würde den Weg durch den Sumpf suchen, die anderen ihm folgen. „Es ist wirklich gefährlich, und wir wollen alle fünf ankommen."

So machten wir es dann auch. Hoppala ging voran. Unser Unternehmen stand unter einem guten Stern, und wir kamen doch tatsächlich nach mehrstündigem vorsichtigem Marsch zum Kloster des Schweigens. Unterwegs hatten wir einiges gesehen, das uns traurig machte: eine tote Kuh, Schuhe, ein Floß, den Kadaver eines Fuchses; alles war im Sumpf untergegangen. Wir waren erleichtert und froh, angekommen zu sein, auch wenn wir von oben bis unten mit Dreck bespritzt waren. Wir sahen eigentlich fürchterlich aus; gut, dass uns unsere Eltern nicht sehen konnten. Vom Kloster des Schweigens sahen wir nur eine riesige Mauer und eine winzige Pforte, vor der wir stehenblieben.

„Hoppala und ich können hier nicht mehr mit“, sagte Freund, „kein Wort darf das Kloster des Schweigens betreten. Wir werden aber auf euch warten. Das heißt, wenn sie euch hineinlassen, es ist eine seltene Ausnahme, dass sich das Klostertor öffnet.“

„Aber ihr habt den Schleier des Schweigens“, meinte Hoppala, „und eigentlich sollte es klappen. Der Wortlose weiß, was er tut.“

Ja, dann waren wir auf uns gestellt. Freund und Hoppala wollten nicht einmal bis zur Pforte mitgehen.

„Wir warten hier unter diesen Eschen", sagte Freund und zog sich mit Hoppala zurück.

Ich war nun der Führer unserer Suche und fühlte mich wichtig und verantwortlich für meine beiden kleinen Schwestern.

Wir gingen zur kleinen Pforte und klopften. Nichts rührte sich. Wir warteten ein wenig und klopften wieder. Wieder nichts. Ich versuchte es ein drittes Mal, ohne Erfolg. Brigitte wollte schon zu Freund und Hoppala laufen, um sie um Hilfe zu bitten, aber ich hielt sie zurück. Ich fühlte, dass wir das nun alleine machen mussten.

„Vielleicht ist gar niemand da", sagte Pia, und ich klopfte noch einmal. Nichts! In meiner Verzweiflung drückte ich die Klinke hinunter, und siehe da, die Pforte war gar nicht versperrt und schwang zurück. Wir traten ein.

Niemand war zu sehen. Wir befanden uns auf einem großen Platz, der mit Stein gepflastert war; der Platz war vollkommen leer; weit hinten sahen wir ein großes steinernes Gebäude. Es war mucksmäuschenstill. Ich glaube, niemals zuvor habe ich eine solche Stille erlebt. Ich wollte etwas sagen, doch meine Worte waren unhörbar, sie wurden von dem steinernen Platz geschluckt. Unsere Schritte waren auch nicht zu hören. Kein Geräusch, nicht das geringste, war zu hören. Ich weiß nicht, wie ich es beschreiben soll, es war beinahe, als würde ein Staubsauger alle Töne aufsaugen.

Das war der Platz der Stille, kein Wort konnte ihn betreten, ohne zu sterben. Der Platz trennte das Kloster des Schweigens vom Land der Wörter. Die Pforte war immer offen, es war gar nicht nötig zuzusperren, denn der Platz der Stille würde all jene zum Umkehren bringen, die mit unlauteren Absichten gekommen waren.

Wir überquerten den Platz. Brigitte war zu Dummheiten aufgelegt und brüllte, so fest sie nur brüllen konnte. Aber es führte zu nichts; der Platz schluckte ihr Schreien, und es blieb mucksmäuschenstill; Brigitte stampfte mit dem Fuß auf, klatschte in die Hände, aber es nützte nichts. Alles versank ungehört im Platz der Stille.

Am anderen Ende des Platzes waren eine Steinmauer und ein steinernes Gebäude mit einem kleinen hölzernen Tor. Wieder standen wir vor einer Tür und wussten nicht, wie wir hindurchgehen sollten.

Wieder klopfte ich drei Mal, nichts rührte sich. Dann versuchte ich wieder, die Klinke hinunterzudrücken, doch diese Pforte war fest verschlossen und gab nicht nach. Ich rüttelte so fest ich konnte; nichts bewegte sich. Wir konnten uns ja auch nur durch Zeichen verständigen, was die Sache nicht leichter machte. Pia deutete zurück zu Freund und Hoppala und ich schüttelte den Kopf. Wir durften nicht einfach klein beigeben! Was würden unsere Freunde von uns denken!

Brigitte deutete auf die Mauer: Sollten wir versuchen, auf die andere Seite zu klettern? Wieder schüttelte ich den Kopf. Was würden die Mönche von uns halten, wenn wir in ihr Kloster einfach einbrachen? Pia zeigte auf einen Stein, aber einschlagen wollte ich die Pforte wirklich nicht.

So standen wir ratlos vor dem verschlossenen Tor. Brigitte langweilte sich und spielte mit dem Schleier des Schweigens, sie ließ ihn an der Mauer und der Pforte vorbeigleiten und tanzte ein bisschen. Und da geschah etwas Unerwartetes:

Sobald Brigitte mit dem Schleier des Schweigens die fest verschlossene Eingangspforte berührt hatte, öffnete sich die Tür ganz von selbst. Ganz von selbst, wie von Geisterhand. Wir waren richtig erschrocken! Wir fassten uns ein Herz und gingen hinein.

Wir kamen in ein Bad, ja, in ein Bad. Da war sogar ein Schild: „Bad der Reinigung". In der Mitte des Raumes, in dem wir uns befanden, stand ein Becken, das wie ein Schwimmbecken aussah, daneben gab es noch einige Brunnen, wo man sich die Füße waschen konnte; in einer Ecke hingen säuberlich einige große weiße Handtücher, in einer anderen Ecke lag Seife. Es sah einladend aus, und wir waren nach dem Sumpf des Geschwätzes doch wirklich ausgesprochen schmutzig.

Ich wusste nicht recht, ob wir uns hier einfach waschen konnten, aber Brigitte dachte nicht lange nach, riss sich die Kleider vom Leib und hüpfte ins Becken; Pia tat es ihr nach, und so gab ich es auch auf, nachzudenken, ob sich das gehörte, und plantschte mit. Wir hatten viel Spaß im Wasser und prusteten und spuckten. Danach wuschen wir noch unsere Kleider aus.

In der hintersten Ecke des Raumes entdeckten wir heiße Steinplatten, auf denen wir unsere Kleider trocknen konnten. In der Hitze fingen wir wieder zu schwitzen an und stürzten uns noch einmal ins Wasser.

Endlich, frischgewaschen und mit einigermaßen sauberen Kleidern, setzten wir unseren Erkundungsgang fort. Wir fühlten uns nicht nur sauber, sondern auch, wie soll ich das beschreiben, sondern auch innerlich frisch, gereinigt von all dem Geschwätz und den seichten Gedanken. Ich weiß nicht, ob ihr euch das vorstellen könnt, aber wir fühlten uns alle, auch Brigitte, sehr ernst und sehr erwachsen und bereit für feierliche Gespräche.

Aus dem Bad heraus führte eine schmale Tür, die sich anstandslos öffnen ließ. Auf der Tür stand: „Haus des Wortes Gottes“. Da waren wir auf einmal in einer Kirche. Ich weiß nicht, ob es eine Kirche war, aber es sah wirklich genau wie eine Kirche aus, und ich bin sicher, ihr könnt euch das gut vorstellen. Niemand war zu sehen. Kerzen erhellten den Raum, der sonst feierlich und dunkel schien. Wir setzten uns in eine der Bänke und beteten, dass unsere Reise gelingen würde, dass uns nichts zustoßen möge, dachten an unsere Eltern und an unsere Freunde im Wörterland.

Immer noch war alles still. Seit Betreten des Klosters hatten wir kein einziges Geräusch gehört. Nachdem wir gebetet hatten, wollten wir weitergehen. Auf einmal sah ich, dass eine Münze vor mir auf der Bank lag. Ich war ganz sicher, ganz, ganz sicher, dass diese Münze vorher noch nicht dort gelegen war, ich war felsenfest überzeugt; aber ich hatte niemanden gesehen und nichts gehört. Und auf einmal war diese Münze da, auf der einen Seite zeigte sie ein Boot, auf der anderen Seite war ein Berg abgebildet. Es stand nichts geschrieben, kein Wort, keine Zahl. Ich zeigte Brigitte und Pia, was ich eben gefunden hatte. Wir wunderten uns und ich steckte die Münze ein. Dann zogen wir weiter.

Ich wollte die Mönche treffen und mit ihnen reden und ihnen von unserer Suche erzählen, ich war schon richtig hungrig nach Wörtern und nach Erzählen und nach Zuhören und Reden. Es kam mir schon so lange, so ewig lange vor, dass wir uns in diesen Hallen des Schweigens aufhielten, die kein einziges Wort zuließen.

So öffneten wir die nächste Tür, die wir sahen. Und auf einmal standen wir wieder im Freien. Zunächst dachte ich, wir wären nun endlich bei den Mönchen in ihren Gärten, aber dann sah ich, dass wir uns wieder außerhalb der Klostermauern befanden. Pia sah sogleich Freund und Hoppala unter den Eschen auf uns warten. Wie war das möglich? Ich verstand es nicht und verstehe es immer noch nicht. Ich war enttäuscht von unserem Besuch im Kloster des Schweigens, nach unserer Begegnung mit dem Wortlosen hatte ich wieder auf etwas Großes, Feierliches gehofft, und nichts war geschehen. Wir hatten nicht einen einzigen Mönch gesehen, und vom Kloster eigentlich nur den Platz der Stille, das Bad der Reinigung und das Haus des Wortes Gottes erlebt. Schenkt sich das Wort Gottes in der Stille?, fragte ich mich.

Auf jeden Fall kehrten wir zu Hoppala und Freund zurück, die sich freuten, uns wieder zu sehen, unsere Sauberkeit lobten und unseren

Redeschwall geduldig ertrugen. Dann zeigte ich ihnen die Münze, die wir auf geheimnisvolle Art bekommen hatten. Freund und Hoppala wurden ernst.

„Seht ihr das Boot?“, fragte Freund. „Das bedeutet das Ende unserer gemeinsamen Suche.“

„Diese Münze ist der Lohn für den Fährmann, der euch über den Fluss des Vergessens bringen wird“, erklärte Hoppala.

„Der Fluss aber ist die Grenze des Wörterlandes“, setzte Freund fort, „da können wir euch nicht mehr begleiten.“

Das machte uns ein wenig traurig. Aber seit dem Bad fühlte ich mich gestärkt und ich fühlte, dass wir der Aufgabe, unsere Suche alleine fortzusetzen, gewachsen waren. Brigitte und Pia ging es ähnlich. Hoppala und Freund begleiteten uns noch bis zur Bootsanlegestelle.

Freund erklärte uns, was uns erwartete: „Obliviscor ist der Fährmann, der euch ans andere Ufer bringen wird. Ich weiß nicht, was ihr jenseits des Flusses findet. Ich kann euch nur sagen, dass ihr Obliviscor vertrauen könnt; wundert euch nicht über ihn; er ist blind, für ihn ist es immer dunkel und Nacht. Und noch etwas: Wenn ihr den Fluss des Vergessens überquert, lasst ihr alles zurück, was hinter euch liegt. Ihr werdet alles vergessen, selbst eure Namen, eure Aufgabe, eure Eltern und uns."

Das machte mir Angst. „Aber wie sollen wir dann unsere Suche fortsetzen, wenn wir alles vergessen haben?", fragte ich voller Furcht.

„Ich weiß es nicht", sagte Freund, „aber ihr seid eben im Haus des Wortes Gottes gewesen, und ich habe das Gefühl, dass alles gutgehen wird."

Diese Worte beruhigten mich, auch wenn ich mir überhaupt nicht vorstellen konnte, was uns erwartete. Da waren wir auch schon beim Fluss angekommen; es war dunkel geworden, in der Dämmerung konnten wir eine dunkle Gestalt und ein Boot erkennen.

„Obliviscor", sagte Freund, „kannst du unsere Freunde ins Boot nehmen?"

„Ich habe euch erwartet", sagte der Fährmann mit brüchiger, krächzender Stimme, „steigt ein."

Ja, und dann verabschiedeten wir uns von Freund und Hoppala, es war ein kurzer Abschied in der Dunkelheit. Wir umarmten einander und sagten kein einziges Wort. Dann gingen wir auf das Boot zu, begrüßten Obliviscor. Er ertastete unsere Gesichter, murmelte etwas von „Wie jung sie diesmal sind“ und ließ sich von uns die Münze als seinen Lohn geben. Wir stiegen ins Boot.

7. KAPITEL

BUCHHANDLUNG
SCHLAFLIED WAHRHEIT LÜGE
WÖRTERBUCH TRAUM SCHREIBTISCH HAUPTWORT
WIMMERN **INSEL DER SPRACHVERWIRRUNG** VOLLVERSAMMLUNG
STILLE UNWAHRHEIT GESCHWÄTZ ANMUT SCHEIN STREIT
WORTLOSIGKEIT KICHERN REDEN GÜNTHER KRAFTAUSDRUCK
TÄTIGKEITSWORT LEXIKON GEFÄNGNIS SIEB LEITER DISKUSSION
KULTUR JAUCHZEN **STEPPE DER ZAHLEN** WORTSPIEL FREMDWORT
SCHLEIER SCHOKOLADE DICHTERWERKSTATT LÜGENSCHMIED
DISKUSSION BRIEF KLOSTER DES SCHWEIGENS ERINNERN GEDANKE GEBET
PLAPPERN FLÜSTERWALD **FLUSS DES VERGESSENS** FATA MORGANA LÜGENGEBÄUDE
BUCH FLÜSTERN SCHREIBEN SCHLANGE GEBIRGE MENTIRA GEHEIMSPRACHE PARLAMENT
BUCHHANDLUNG SCHLEIER LÜGENLEITER STUMM **OBLIVISCOR** JUNGBRUNNEN
WÖRTERBUCH BURG DER LÜGEN HAUPTWORT GUTENACHTGESCHICHTF WIMMERN
LIEBLINGSWORT SONNENSTRAHL SCHWEIGEN NACH HAUSE ANSPRACHE WEISHEIT
UNWAHRHEIT WERBUNG SCHEIN STREIT PLAPPERMÄULCHEN LÜGENPRESSE WORTLOSIGKEIT
ICHERN GEDICHT VERLEUMDUNG KRAFTAUSDRUCK GUTENACHTGEBET BUCHSTABE TÄTIGKEIT
LEXIKON KLUGHEIT ORAKEL GEREDE RECHTSCHREIBUNG SPRACHKULTUR JAUCHZEN
SCHWEIGEKLOSTER ZEITUNG WORTSPIEL KOBOLD FREMDWORT DAHEIM BESCHIMPFUNG
DICHTER BIBLIOTHEK SCHÖNE WORTE VERTRAUEN WORTSCHÖPFUNG SATZ

Es war ein einfaches Holzboot, ein Ruderboot. Es schaukelte ruhig im Wasser dahin, von den Ufern des Flusses drangen seltsame Geräusche an unsere Ohren, das Schreien von Tieren, das Zirpen von Grillen. Dazu kam das Rauschen des Wassers. Ich schlief ein. Ich bin sicher, dass Pia und Brigitte auch eingeschlafen waren, denn Brigitte hat geschnarcht, ich hab's deutlich gehört. Als ich aufwachte, dämmerte es bereits. Obliviscor saß immer noch dort, wo er vor Stunden gesessen war; gleichmäßig glitt das Boot flussabwärts. Ich rieb mir die Augen und blickte mich um; schattenhaft konnte ich Umrisse von Bäumen am jenseitigen Ufer des Flusses entdecken. Wir waren immer noch in der Mitte des Flusses.

Dann tauchte eine Insel vor uns auf, mitten im Fluss, Obliviscor sagte heiser: „Das ist Babel, die Insel der Sprachverwirrung. Dort leben viele, aber sie können nicht miteinander reden, weil sie nicht dieselbe Sprache sprechen." Und er fügte noch hinzu: „Das kommt davon, wenn man nicht auf die Worte achtet." Dieser Satz machte mich nachdenklich, denn ich musste gleich daran denken, dass dieses Schicksal uns zu Hause blühen könnte.

Mittlerweile waren Pia und Brigitte aufgewacht – ich bin sicher, dass Pia von Brigitte angestupst worden war, denn Pia schläft immer sehr lange.

„Was ist denn das für eine Insel?“, fragte Brigitte sofort.

„Das ist die Insel der Sprachverwirrung“, sagte ich stolz. Denn ich mag es, wenn ich mein Wissen zeigen kann. „Dort wohnen zwar viele, aber sie können nicht miteinander reden, weil sie keine gemeinsame Sprache haben.“

„Ist das so wie mit Onkel John?“, fragte Brigitte. Wir haben nämlich einen Onkel in Amerika, der nicht Deutsch spricht, sondern nur Englisch, die Sprache von Amerika, und wir verstehen ihn nicht, und er kann nicht mit uns reden.

„Ich glaube schon“, sagte ich und dachte mir: Das muss doch schrecklich sein, wenn ich mit keinem Menschen reden kann.

Inzwischen hatten wir uns der Insel genähert, die Stille der Nacht war dahin. Es war zwar noch früh am Morgen, und die Sonne war gerade kurz vor dem Aufgehen, aber von der Insel hörten wir ein Kreischen und ein Jammern und ein Stöhnen und ein Plappern und ein Jauchzen und ein Wimmern und ein Plärren und ein Kichern, es war unbeschreiblich; je näher wir der Insel kamen, desto lauter wurde der Lärm, es wurde fast unerträglich, ich hatte das Gefühl, meine Ohren würden platzen, ich verstand nichts, überhaupt nichts, merkte nur, dass all diese Stimmen irgendetwas sagen wollten. Außer vielen Vögeln und ein paar Affen sahen wir aber niemanden. Machten sie das Getöse? Ich weiß es bis heute nicht, und Obliviscor konnte ich wegen des Lärms nicht fragen. Und als wir an der Insel vorbei waren, hatte ich schon anderes im Kopf.

Auf jeden Fall dachte ich sehnsüchtig an das Schweigen im Kloster zurück, an den Platz der Stille, an den Flüsterwald. Pia meinte später, die Vögel, die herumflatterten, und die Affen, die auf den Bäumen von Ast zu Ast sprangen, hätten unglücklich und gequält ausgesehen. Das wird schon stimmen, ich kann mich nur mehr an eine Stimme erinnern, die besonders gequält klang und immer wieder dasselbe Geräusch wiederholte, als wäre es ein Hilfeschrei. Obliviscor ruderte vorbei, ohne sich weiter um die Stimmen zu kümmern.

So haben wir wenig von der Insel Babel gesehen, ich kann mich nur erinnern, dass die Insel einen wilden Eindruck auf mich gemacht hat, als würde es keine ordnende Hand geben (wie meine Mutter so etwas nennen würde): Baumstämme lagen herum, die Sträucher wucherten zu einem undurchdringlichen Dickicht, das Gestrüpp und Unkraut breitete sich aus; es sah alles recht verwahrlost aus.

Ich habe später noch viel mit Papa über diese Insel gesprochen, und er hat gemeint, dass ein Zusammenleben ohne gemeinsame Sprache sehr, sehr schwierig sei. Darum wäre es auch so heikel in der Fremde, oder auch so schwer für die Fremden bei uns. Ich glaube, er hat auch gesagt, dass ich mich nie geborgen fühlen könnte, wenn ich mich nicht verständlich machen würde. Darum, so meinte er auch, habe die Insel solch einen ungepflegten Eindruck gemacht, weil ein geordnetes Miteinander-Leben ohne gemeinsame

Sprache nicht möglich wäre. Aber ich will euch nicht mit den Gesprächen, die ich mit Papa von Mann zu Mann führe, langweilen. Ich will nur sagen, dass mich Babel noch länger beschäftigt hat. Und mit Brigitte und Pia kann ich über solche Sachen nicht reden. Dafür können wir gemeinsam Tempelhüpfen, und da spielt Papa nicht mit. Aber das wollte ich jetzt gar nicht sagen.

Ja, und dann wurde es auf einmal kalt, geradezu gemein kalt; ein eisiger Wind pfiff über das Wasser. Auf der anderen Seite des Flusses war nun eine Steppe. Ich glaube, wir haben in der Schule gelernt, dass man etwas, wo nur Sträucher, aber keine Bäume wachsen, eine Steppe nennt. Und in der Steppe war es kalt und dürr; alles war grau und braun und unfreundlich.

Und mir fiel sofort auf, dass in der Steppe alle Sträucher die Form von Zahlen hatten, und ich fragte Obliviscor danach, denn mittlerweile hatte ich alle Scheu verloren. Und er sagte mit seiner krächzenden Stimme, an die ich mich immer noch nicht gewöhnen konnte: „Das ist Arithmos, die Steppe der Zahlen. Die dort wohnen, haben keine Wörter, sie haben nur Zahlen; sie haben keine Namen, sondern Nummern; sie können alles messen und wiegen, und sie haben für alles eine Zahl. Sie wissen ganz genau, dass wir das 647. Boot sind, das vorüberfährt, sie wissen genau, dass die Sonne heute 6,57 Stunden scheinen wird, sie wissen genau, wie viel jeder Sonnenstrahl kostet; und jeder Bewohner muss für jeden Sonnenstrahl und für jeden Wassertropfen und für jeden Atemzug bezahlen. Sie kennen von allem den Preis. Alles hat seine Zahl."

Das war nun eine lange Rede für den schweigsamen Obliviscor gewesen, und ich war tief beeindruckt. „Alles hat seine Zahl, und sie müssen für alles bezahlen", wiederholte ich. „Womit zahlen sie denn dann?"

„Mit Zahlen", erwiderte Obliviscor nur kurz.

Und mir wurde es kalt. Ich weiß nicht, ob ich das schon erzählt habe, aber ich bin nicht so gut mit Zahlen; in der Schule, wenn wir Rechnen haben, muss ich mich recht anstrengen. Zahlen sind so streng. Ich weiß nicht, ob ihr das verstehen könnt, aber 7 ist 7, und da gibt es kein Vorne und kein Hinten und keine versteckte Bedeutung. Ein

Wort zum Beispiel ist da ganz anders; beim Wort „Pferd“ kann ich an den Schimmel denken, der auf dem Bauernhof meines Onkels wohnt, und ich kann mich erinnern, wie es ist, auf diesem Pferd zu reiten und das Pferd zu streicheln und dem Pferd Zucker zu geben. Unter „Pferd“ kann ich mir viel mehr vorstellen als unter der Zahl 7. Da kann ich mir eigentlich gar nichts vorstellen.

Und wenn ich die Auslagen der Geschäfte anschaue, dann sehe ich, dass überall ein Preisschild hängt und dass die Erwachsenen ganz genau wissen, welchen Preis etwas hat. Alles hat seine Zahl, und Papa hat einmal gesagt, er fragt sich, wo das noch hinführen wird.

Aber entschuldigt, jetzt bin ich wieder abgeschweift. Das geht beim Rechnen nicht, denn da macht man gleich einen Fehler, und die ganze Rechnung ist falsch und man muss wieder von vorne anfangen. Aber jetzt schweife ich wieder ab.

Die Steppe der Zahlen war also nicht einladend; Obliviscor hatte Decken im Boot, so konnten wir uns wärmen, denn es wurde immer kälter. Die Sträucher, dort eine 3, hier eine 6, weiter hinten eine 5, sahen schon lustig aus, aber unheimlich und kahl, und dann brach auch noch der Nebel ein, und wir sahen immer weniger und weniger. Und so merkten wir gar nicht, dass Obliviscor sich dem anderen Ufer genähert hatte. Und auf einmal legte das Boot an. Wir waren angekommen.

Obliviscor sah uns nachdenklich an, „Viel Glück“, sagte er und gab mir zum Abschied ein kleines Ding mit, das aussah wie ein Sieb. Ihr wisst schon, ein Sieb zum Teemachen, damit nicht die Blätter in der Tasse schwimmen. „Verliert es nicht“, sagte er noch, „es wird ganz wichtig für euch werden.“

Dann stiegen wir an Land, und sogleich war das Boot verschwunden, vom Nebel verschluckt.

8. KAPITEL

BUCHHANDLUNG
SCHLAFLIED **WAHRHEIT** LÜGE
WÖRTERBUCH TRAUM SCHREIBTISCH HAUPTWORT
WIMMERN WORTFAMILIE BÜCHERSTUBE VOLLVERSAMMLUNG
STILLE UNWAHRHEIT **KOBOLD** ANMUT SCHEIN STREIT
WORTLOSIGKEIT KICHERN REDEN GÜNTHER KRAFTAUSDRUCK
TÄTIGKEITSWORT LEXIKON GEFÄNGNIS SIEB LEITER DISKUSSION
KULTUR JAUCHZEN SCHLOSS DER DICHTER WORTSPIEL FREMDWORT
SCHLEIER SCHOKOLADE DICHTERWERKSTATT LÜGENSCHMIED
DISKUSSION **BRIEF** KLOSTER DES SCHWEIGENS ERINNERN GEDANKE GEBET
PLAPPERN FLÜSTERWALD FLUSS DES VERGESSENS FATA MORGANA LÜGENGEBÄUDE
BUCH FLÜSTERN SCHREIBEN SCHLANGE GEBIRGE **MENTIRA** GEHEIMSPRACHE PARLAMENT
BUCHHANDLUNG SCHLFIER LÜGENLEITER STUMM GEPLAPPER JUNGBRUNNEN
WÖRTERBUCH BURG DER LÜGEN HAUPTWORT GUTENACHTGESCHICHTE WIMMERN
LIEBLINGSWORT SONNENSTRAHL SCHWEIGEN NACH HAUSE ANSPRACHE WEISHEIT
UNWAHRHEIT WERBUNG SCHEIN STREIT PLAPPERMÄULCHEN LÜGENPRESSE WORTLOSIGKEIT
ICHERN GEDICHT VERLEUMDUNG KRAFTAUSDRUCK GUTENACHTGEBET BUCHSTABE TÄTIGKEIT
LEXIKON KLUGHEIT ORAKEL GEREDE RECHTSCHREIBUNG SPRACHKULTUR JAUCHZEN
SCHWEIGEKLOSTER ZEITUNG WORTSPIEL KOBOLD FREMDWORT DAHEIM BESCHIMPFUNG
DICHTER BIBLIOTHEK SCHÖNE WORTE VERTRAUEN WORTSCHÖPFUNG SATZ

Wir standen am Ufer, sahen nicht, was hinter uns lag, sahen nicht, was vor uns lag, und dann merkte ich das Fürchterliche: Ich hatte vergessen, was wir eigentlich hier wollten. Ich hatte vergessen, woher wir kamen, warum wir eigentlich hier standen und wohin wir gehen sollten. Ich sah meine beiden Schwestern an, und ich merkte, dass es Pia und Brigitte ganz genauso ging.

Ich sagte zu ihnen: „Jetzt stehen wir hier und wissen nicht, was wir eigentlich hier wollen. Was sollen wir tun?"

Pia ist sehr praktisch veranlagt, und sie weiß immer genau, was sie will. Sie sagte: „Hier ist es kalt, wir sollten irgendwo Unterschlupf suchen."

Und das taten wir dann auch. Denn alles war besser und angenehmer als das Herumstehen in Kälte und Nebel. Wir hielten uns an den Händen und gingen der Nase nach. Es ging steil bergauf, und später sollte ich erfahren, dass wir uns im Gebirge Mentira, dem sogenannten Lügengebirge befanden, in dem es zahllose Schluchten und Gräben gab. Tatsächlich fanden wir eine Höhle, die uns trocken aussah. Wir krochen hinein.

„Ich habe Hunger", sagte Brigitte kläglich.

Hatten wir im Boot etwas gegessen? Ich weiß es wirklich nicht mehr. Damals, zu dem Zeitpunkt, wusste ich nicht einmal mehr, dass wir in einem Boot hergekommen waren. Alles war wie ausgelöscht. Und gegen Brigittes Hunger konnten wir gar nichts tun. Zum Glück schimmerte der Mond durch die Bäume und ein schwacher Lichtstrahl erreichte auch unsere Höhle. Da sah ich, dass aus Brigittes Jacke, die sie auf dem Boden ausgebreitet hatte, der Brief von König Logos gefallen war, den er uns mitgegeben hatte. „Was ist denn das?", fragte ich und nahm den Brief an mich.

Natürlich wusste ich nicht mehr, woher wir den Brief bekommen hatten, und natürlich hatte ich vergessen, dass wir den Brief nicht so ohne weiteres öffnen durften. Manchmal ist Vergessen ein Segen! So lasen wir im Mondschein, was König Logos uns geschrieben hatte:

Lieber Günther, liebe Pia, liebe Brigitte,

ihr seid aus dem Land der Wörter ausgezogen,
um den Wörtern zu helfen.

Freund und Hoppala haben euch bis zum Fluss des Vergessens begleitet.
Dort seid ihr mit Obliviscor flussabwärts gefahren.
Nun befindet ihr euch im Lügengebirge Mentira und ihr seid auf der Suche nach dem Schmied der Lügen, nach Malum. Er wohnt in einer Burg ganz oben in diesem Gebirge.
Versucht den Weg zu finden!
Ich freue mich auf euer Kommen und warte auf euch.

König Logos, der Unsagbare,
aus dem Land der Wörter.

Der Brief erleichterte uns ungeheuerlich. Nun wussten wir endlich, warum wir hier waren und was wir wollten. Wir wollten schon losgehen, da sagte Brigitte mit klagender Stimme: „Ich bin müde." Und so dachten wir, vielleicht ist es wirklich besser, zunächst einmal zu schlafen und auf den Morgen zu warten, und wir kuschelten uns in der Höhle eng aneinander und schliefen auch wirklich bald ein.

Am nächsten Morgen weckte uns ein Sonnenstrahl, der sich frech in unsere Höhle geschlichen hatte; wir reckten und streckten uns und blinzelten ins Sonnenlicht.

Da sah ich, dass vor unserer Höhle ein Ribiselstrauch war, und so frühstückten wir, indem wir alle Beeren vom Strauch nahmen, und danach ging es uns viel besser. Ich weiß, dass Mama ärgerlich geworden wäre, wenn sie gewusst hätte, dass wir schon so lange unsere Zähne nicht geputzt hatten, aber wenn man auf einer großen Suche ist, kann man sich mit solchen Kleinigkeiten nicht aufhalten, dachte ich mir. Wir waren bereit für neue Abenteuer.

„Schaut, dort drüben ist ein Weg", rief Brigitte, die ein wenig herumgestrolcht war, um mehr Beeren zu finden. So ging es los.

Wir gingen Stunde um Stunde, zum Glück fanden wir immer wieder Beeren, die uns stärkten, sonst wären wir sicherlich bald umgefallen vor Schwäche und Hunger. Aber der Weg wollte kein Ende nehmen. Wir stiegen höher und höher und höher, und immer noch war nichts in Sicht. Da setzten wir uns mutlos auf den Boden und beratschlagten, was wir nun tun sollten.

„Wir können zurückgehen“, schlug Brigitte vor. Brigitte gibt gern zu früh auf, und so lehnten wir ihren Vorschlag ab.

„Wir könnten rufen, vielleicht hört uns jemand“, überlegte Pia.

„Aber wir wissen nicht, wer hier wohnt und ob das nicht gefährlich ist“, wandte ich ein, „ich glaube, es ist am besten, wir ruhen uns hier einfach aus und gehen dann weiter.“

Pia und Brigitte stimmten widerwillig zu, und wir wollten es uns eben gemütlich machen, da hörten wir eine Stimme: „Hallo ihr da, braucht ihr Hilfe?“

Wir sahen uns um, und da stand der drolligste Kobold, den ich je gesehen habe. Ich hoffe, ihr wisst, was ein Kobold ist; dieser jedenfalls sah lustig aus, kunterbunt und kugelrund, und er lächelte verschmitzt.

„Ich bin Fips, der Schwindler“, sagte er, „und ihr?“

„Ich bin Günther.“

„Ich bin Pia.“

„Ich bin Brigitte."

„Na, sehr schön", meinte Fips, „dann haben wir uns nun kennengelernt. Kann ich euch helfen?"

Wir waren so froh, dass wir jemanden getroffen hatten, und wir erzählten Fips unsere ganze Geschichte. Fips hörte aufmerksam zu. „So ist das also", brummte er dann, „ihr sucht den Lügenschmied. Ich kann euch zu ihm führen."

Wir freuten uns, und Fips war auch froh, glaube ich.

„Aber ich muss erst etwas holen", sagte er, „wartet einen Augenblick hier." Und Fips hopste davon, so schnell, wie er gekommen war.

„Vielleicht bringt er uns ein Geschenk", sagte Brigitte, die gerne Geschenke bekommt und deshalb Weihnachten so mag.

„Oder er hat vergessen, das Licht abzudrehen", meinte Pia, die immer sehr praktisch ist, wie ich euch schon erzählt habe.

„Vielleicht muss er eine Karte holen", schlug ich vor, denn ich mag Wanderkarten und Landkarten und Straßenkarten, und ich kann schon recht gut damit umgehen, wenigstens besser als

Mama, die uns schon öfter beim Sonntagsausflug in die Irre geführt hat.

So warteten wir ab, was geschehen würde, und unsere Stimmung war eigentlich wirklich gut. Die Sonne schien, es war später Nachmittag, wir wussten, warum wir hier waren und was wir wollten, und wir warteten auf einen Freund, der uns zum Lügenschmied Malum bringen sollte.

Und was ich jetzt erzähle, soll euch nicht erschrecken, weil ich ja heil zurückgekommen bin und euch das alles erzählen kann, aber damals war es schon furchtbar und schrecklich, und wir hatten große Angst. Denn gerade als wir begonnen hatten, ein Spiel mit Tannenzapfen und kleinen Steinen zu spielen, wurde uns von hinten ein Netz über den Kopf geworfen, und dann wurde es schwarz vor unseren Augen. Wir waren gefangen. Sie schleppten uns hinauf und hinunter, ich kann mich dunkel an das Schütteln und Rütteln erinnern, aber sehen konnte ich nichts und spüren konnte ich auch nichts, weil ich in einem Netz strampelte. Brigitte und Pia schrien fürchterlich, und auf einmal hörte das Schreien auf, wahrscheinlich hatte man ihnen ein Tuch in den Mund gestopft. Ich muss wohl auch geschrien haben, denn ich hatte auch ein solches Tuch im Mund, ich glaube, man nennt das einen Knebel. Und dann stopfte mir jemand eine Tablette in den Mund, so eine, wie sie meine Oma nimmt, und gleich darauf schwand mir das Bewusstsein, und ich schlief ein.

9. KAPITEL

BUCHHANDLUNG
SCHLAFLIED WAHRHEIT LÜGE
WÖRTERBUCH TRAUM SCHREIBTISCH HAUPTWORT
WIMMERN WORTFAMILIE **LÜGENGEBIRGE** VOLLVERSAMMLUNG
SIEB UNWAHRHEIT GESCHWÄTZ STILLE SCHEIN STREIT
WORTLOSIGKEIT KICHERN REDEN GÜNTHER KRAFTAUSDRUCK
TÄTIGKEITSWORT LEXIKON **GEFÄNGNIS** ANMUT GEPLAPPER DISKUSSION
KULTUR JAUCHZEN SCHLOSS DER DICHTER WORTSPIEL FREMDWORT
SCHLEIER SCHOKOLADE DICHTERWERKSTATT LÜGENSCHMIED
DISKUSSION BRIEF **BUCH DES WORTLOSEN** ERINNERN GEDANKE GEBET
PLAPPERN FLÜSTERWALD FLUSS DES VERGESSENS FATA MORGANA LÜGENGEBÄUDE
BUCH FLÜSTERN SCHREIBEN SCHLANGE GEBIRGE MENTIRA GEHEIMSPRACHE PARLAMENT
BUCHHANDLUNG SCHLEIER LÜGENLEITER STUMM **LEITER** JUNGBRUNNEN
WÖRTERBUCH BURG DER LÜGEN HAUPTWORT GUTENACHTGESCHICHTE WIMMERN
LIEBLINGSWORT SONNENSTRAHL SCHWEIGEN NACH HAUSE ANSPRACHE WEISHEIT
UNWAHRHEIT WERBUNG SCHEIN STREIT PLAPPERMÄULCHEN LÜGENPRESSE WORTLOSIGKEIT
KICHERN GEDICHT VERLEUMDUNG KRAFTAUSDRUCK GUTENACHTGEBET BUCHSTABE TÄTIGKEIT
LEXIKON KLUGHEIT ORAKEL GEREDE RECHTSCHREIBUNG SPRACHKULTUR JAUCHZEN
SCHWEIGEKLOSTER ZEITUNG WORTSPIEL KOBOLD FREMDWORT DAHEIM BESCHIMPFUNG
DICHTER BIBLIOTHEK SCHÖNE WORTE VERTRAUEN WORTSCHÖPFUNG SATZ

Wir erwachten im Gefängnis. Zumindest glaube ich, dass das ein Gefängnis war. Ich war noch nie in einem Gefängnis gewesen, aber so stellte ich es mir vor. Wir waren in einem sehr kleinen Raum: Da waren drei Matratzen, ein Waschbecken in einer Ecke, das kleine Fenster hoch oben war vergittert, und die Tür, durch die wir hereingekommen waren, hatte auch ein kleines Fenster zum Hereinschauen und war aus Eisen und fest verschlossen. Ich erwachte als Erster. Ich setzte mich auf und blickte mich um. Es gab nicht viel zu sehen. Da waren auch kein Tisch und kein Schrank, und keine Bilder an der Wand.

So kroch ich unter die grobe Decke, die kratzte und biss, und dachte nach. Was können wir tun? Mir fiel auf, dass der kleine Rucksack, den ich immer getragen hatte, nicht in der Zelle war. Man hatte uns alles weggenommen. Und ich dachte an das Buch, das uns der Wortlose im Schloss der Dichter gegeben hatte, und ich dachte an das Sieb, das uns der Fährmann Obliviscor zum Abschied in die Hand gedrückt hatte. Nun hatten wir gar nichts mehr. Wie würde das enden?

Unsere Freunde waren weit weg und hatten keine Ahnung, dass wir hier eingesperrt waren.

Eben erwachte Pia, reckte und streckte sich und gähnte. Pia sah sich um und verstand sofort, was geschehen war. „Schön dumm, nicht?“, sagte sie.

„Sie haben uns unseren Rucksack weggenommen“, sagte ich zu ihr, „wir haben alles verloren.“

„Nein, das haben wir nicht“, antwortete Pia triumphierend. Dann hob sie ihre Decke und zeigte mir, dass sie das Buch des Wortlosen gerettet hatte. Es lag unter ihrem Kopfpolster. „Ich hab es mir schnell unters Kleid gesteckt, während sie uns durch die Gegend geschaukelt haben“, sagte sie stolz.

Das war eine Erleichterung für mich! Wir wussten natürlich nicht, wozu wir das Buch brauchen konnten, aber auf jeden Fall war ich dankbar, noch etwas von der Welt jenseits des Flusses zu haben. Pia und ich beratschlagten, was wir tun konnten. Konnten wir entkommen? Aber das Fenster war viel zu klein und viel zu hoch oben und vergittert. Und die Tür war fest verschlossen.

Nun wurde auch Brigitte wach, und wir beschlossen, unsere Angst vor ihr zu verbergen und so zu tun, als ob alles in Ordnung wäre. Brigitte sah sich um, sah uns an und wir lächelten ihr aufmunternd zu, aber sie sagte kurz: „Wir sind gefangen und das ist ganz dumm und ihr braucht nicht so zu tun, als ob alles gut wäre." Dann griff sie unter ihre Decke und brachte das Sieb zum Vorschein, das wir von Obliviscor geschenkt bekommen hatten. „Das habe ich in meiner Tasche versteckt", sagte sie stolz. Und wir waren sehr stolz auf unsere kleine Schwester.

Wir sahen ein, dass wir eigentlich nichts tun konnten, und so warteten wir. Wir spielten „Ich seh, ich seh, was du nicht siehst", und dann sangen wir ein Lied, und dann machten wir eine Deckenschlacht und waren im Grunde recht vergnügt. Auf einmal wurde die Tür aufgerissen und zwei pechschwarze Kerle kamen herein. Brigitte und Pia schrien vor Angst und verkrochen sich unter ihre Decken. Ich blieb ruhig stehen, ich meine, man soll sich doch nicht so leicht fürchten. Die beiden Kerle sahen wirklich unheimlich aus, mir rann ein Schauer über den Rücken, aber ich blieb fest und stark. Ich glaube, dass ihr nicht so tapfer gewesen wärt. Die beiden Kerle entrollten ein Plakat und trompeteten gleichzeitig:

„Das ist ein Beschluss des Allerhöchsten Herrschers über dieses Land, ein Dekret von Malum, dem Schmied des Feinen und Feinsten. Die Gefangenen mögen eine Botschaft an Seine Hoheit Malum schicken. Gefällt sie ihm, wird er die Gefangenen empfangen und mit ihnen reden und sie dann erst sterben lassen. Gefällt sie ihm nicht, werden die Gefangenen sogleich sterben. Gezeichnet Substitutus, im Namen des allerhöchsten Malum."

Die Kerle rollten das Plakat wieder zusammen, und einer wandte sich hochnäsig an mich: „Hast du verstanden, Kleiner? Ihr schreibt ein Briefchen an Malum, den Lügenschmied. Schreibt, was ihr wollt, ihr werdet auf jeden Fall sterben, früher oder später. Papier und einen Bleistift wird man euch gleich bringen. Genießt die letzten Stunden eures Lebens." Dann verschwanden die beiden.

Ich dachte mir, dass ich noch nie so grausige Kerle gesehen hatte. Brigitte hatte sicher nicht alles verstanden, aber das letzte Wort vom Sterben doch, und sie hatte Angst und begann fürchterlich zu schluchzen. Auch Pia wimmerte leise vor sich hin. Ich weiß nicht, warum, aber ich war ganz ruhig. Das Wörterbuch und das Sieb machten mir Mut. Ich war felsenfest davon überzeugt, dass uns kein Leid geschehen würde. So blieb ich ruhig sitzen.

Gleich darauf öffnete sich das Fenster bei unserer Tür und das Gesicht einer alten Frau erschien. „Ich bringe euch etwas zu essen und Papier zum Schreiben", sagte sie. Ich mochte sie sofort. Sie hatte ein gütiges, verhutzeltes Gesicht mit vielen Falten und Runzeln. Ich nahm ihr das Tablett ab, das sie mir hereinreichte.

„Nehmt das Wörterbuch zum Schreiben und siebt die Wörter durch", flüsterte sie mir zu, lächelte und schloss das Fenster wieder. Nun fühlte ich neue Kraft in mir. Brigitte und Pia waren auch froh über das Brot und die Milch, und wir stärkten uns. Ich erzählte ihnen, was mir die alte Frau zugeflüstert hatte.

„Also, an die Arbeit“, sagte Pia, wischte sich energisch die Tränen aus dem Gesicht und griff nach Papier und Bleistift.

Ich holte das Buch und schlug es auf. Ja, es war tatsächlich ein Wörterbuch, ich kannte das vom Bücherregal meines Vaters, der viele Sprachen kann, und er hat viele Wörterbücher und ich weiß genau, wie sie aussehen. Ein Buch mit vielen Wörtern in einer fremden Sprache und daneben Wörter in unserer Sprache. Wenn ich groß bin, möchte ich auch viele Sprachen lernen und viele Wörterbücher haben. Dieses Wörterbuch war aber ein besonderes; denn es hatte keine Wörter in unserer Sprache, ich verstand nichts, überhaupt nichts.

Wir setzten uns zusammen und studierten das Buch. Seltsame Wörter gab es da. Brigitte konnte noch nicht lesen und fand es bald langweilig.

„Was sollen wir jetzt machen?“, fragte Pia, die erst in diesem Jahr lesen gelernt hatte und für die es mühsam war, Wörter zu buchstabieren.

„Ich weiß es auch nicht“, sagte ich, „ich verstehe kein einziges Wort aus diesem Buch.“

„Vielleicht ist das die Sprache, die der Lügenschmied spricht“, meinte Pia. „Und die alte Frau hat doch gesagt, wir sollen das Wörterbuch nehmen."

„Und das Sieb", warf Brigitte ein, die eben mit dem Sieb spielte.

„Ja, wir müssen die Wörter durchsieben, wie man Tee durchsiebt oder Nudeln", rief nun Pia.

Tja, und das machten wir dann. Ihr könnt euch das sicher gut vorstellen; wir nahmen das Buch, schüttelten die Wörter heraus und siebten sie auf unser Stück Papier. Tatsächlich blieben sieben Wörter übrig, die säuberlich auf dem Blatt Papier standen. „VERITAS VIDERE DOCET MENTIRA HOMINES CAECOS FACIT" stand auf unserem Blatt. Was das wohl heißen soll, fragten wir uns. (Ich weiß es bis heute nicht wirklich, die große Schwester eines Klassenkollegen von mir hat behauptet, dass man das so übersetzen kann: „Die Wahrheit lehrt zu sehen, die Lüge macht die Menschen blind", aber ich bin nicht sicher, ob das stimmen kann, und ich weiß nicht einmal, welche Sprache das ist. Manchmal stehen wir den Wörtern so hilflos gegenüber!).

Wir hatten eben fertig gesiebt, da wurde die Zellentür schon wieder aufgerissen und ein schwarzer Kerl brüllte uns an, „Habt ihr euer Geschmiere fertig?“ Wir gaben ihm den Zettel, er knallte die Tür wieder zu, und wir warteten. Pia, die sehr ordentlich ist, kehrte den Wörterstaub, der vom Sieben übriggeblieben war, in einer Ecke zusammen, Brigitte versuchte, aus dem vergitterten Fenster zu sehen, und sprang so hoch sie konnte, aber es war zu hoch oben, nicht einmal ich konnte es erreichen. Dann versuchten wir fangen zu spielen, aber unsere Zelle war zu eng, wir konnten nicht wirklich laufen.

Da wurde die Zellentür wieder aufgerissen, und einer der Kerle, die wir nun schon vom Sehen kannten, fesselte unsere Hände, band ein Tuch um unsere Augen und meinte: „Geht mir nach, aber keine Spielchen! Wenn ihr versucht wegzulaufen, fällt ihr nur in den Wahrheitssee und der ist so eisig kalt, dass ihr gleich tot seid. Auf diese Burg kommt man nur über die Lügenleiter, und die ist eingezogen. Also, macht keine Dummheiten und geht mir nach.“

Wir waren eingeschüchtert und folgten ihm, was hätten wir sonst tun sollen? Er führte uns an einem Strick. Wir gingen durch Gänge und Türen, ich hörte immer wieder, wie eine Tür knirschend ins Schloss fiel. Und dann ging es endlos lange Gänge hinunter und dann schrecklich steile Stiegen hinauf und dann waren wir im Freien, ich konnte den Wind spüren; dann gingen wir eine Treppe hinunter und immer weiter hinunter, es wurde immer kälter und kälter, und die Beine wurden vom Stufensteigen müde. Dann mussten wir noch durch einige Türen, ich habe vergessen, wie viele es waren, aber sicherlich mehr als drei. Ja, und dann waren wir da.

Der Kerl, der uns hergebracht hatte, sagte mit eisiger Stimme: „Hier sind die Gefangenen, oh Herr der Lüge."

Wir hörten eine süßliche Stimme sagen: „Lass sie hier, die lieben Kleinen. Und schick die Wachen fort. Ich will mit ihnen allein sein."

Und die Schritte unseres Begleiters verhallten in der Ferne.

10. KAPITEL

BUCHHANDLUNG
SCHLAFLIED WAHRHEIT LÜGE
WÖRTERBUCH **MALUM** SCHREIBTISCH HAUPTWORT
WIMMERN WORTFAMILIE BÜCHERSTUBE VOLLVERSAMMLUNG
STILLE UNWAHRHEIT GESCHWÄTZ **SCHLEIER** SCHEIN STREIT
WORTLOSIGKEIT KICHERN REDEN GÜNTHER KRAFTAUSDRUCK
TÄTIGKEITSWORT LEXIKON GEFÄNGNIS LEITER **VERTRAUEN**
KULTUR **SCHLANGE** SCHLOSS DER DICHTER WORTSPIEL FREMDWORT
SCHLEIER SCHOKOLADE DICHTERWERKSTATT LÜGENSCHMIED
DISKUSSION BRIEF KLOSTER DES SCHWEIGENS ERINNERN GEDANKE GEBET
PLAPPERN FLÜSTERWALD FLUSS DES VERGESSENS **SCHÖNE WORTE** LÜGENGEBÄUDE
BUCH FLÜSTERN SCHREIBEN JAUCHZEN GEBIRGE MENTIRA GEHEIMSPRACHE PARLAMENT
BUCHHANDLUNG ANMUT LÜGENLEITER STUMM GEPLAPPER JUNGBRUNNEN
WÖRTERBUCH **BURG DER LÜGEN** HAUPTWORT GUTENACHTGESCHICHTE WIMMERN
LIEBLINGSWORT SONNENSTRAHL SCHWEIGEN NACH HAUSE ANSPRACHE WEISHEIT
UNWAHRHEIT WERBUNG SCHEIN STREIT PLAPPERMÄULCHEN LÜGENPRESSE WORTLOSIGKEIT
KICHERN GEDICHT VERLEUMDUNG KRAFTAUSDRUCK GUTENACHTGEBET BUCHSTABE TÄTIGKEIT
LEXIKON KLUGHEIT ORAKEL GEREDE RECHTSCHREIBUNG SPRACHKULTUR JAUCHZEN
SCHWEIGEKLOSTER ZEITUNG WORTSPIEL KOBOLD FREMDWORT DAHEIM BESCHIMPFUNG
DICHTER BIBLIOTHEK FATA MORGANA DISKUSSION WORTSCHÖPFUNG SATZ

Da standen wir nun in der Dunkelheit. Die süßliche Stimme begann wieder zu reden: „Jetzt sind wir unter uns; eine nette Botschaft habt ihr mir geschickt, Kinder. Woher habt ihr denn diese Worte?“

Wir waren viel zu schüchtern, um etwas zu sagen, und ich spürte ganz tief, dass ich diese Stimme nicht ausstehen konnte.

Die zuckersüße Stimme fuhr fort: „Ihr braucht keine Angst zu haben. Wir können Freunde werden. Darum habe ich auch die Wachen fortgeschickt. Wollt ihr meine Freunde werden?“

Es war eine Zeitlang still. Und wieder ertönte diese Stimme, mittlerweile war ich fast froh, dass meine Augen verbunden waren: „Kinder, vertraut mir. Ich will euch zeigen, dass ich es ernst meine, ich will euer Freund sein. Ich werde euch ein Geheimnis verraten: Wisst ihr, dass die Wachen, dass alle, die in dieser Burg wohnen, blind sind? Ja, keiner von ihnen kann etwas sehen. Keiner. Es ist immer schwarz vor ihren Augen. Und wisst ihr, warum? Weil es nichts zu sehen gibt! Ja, da staunt ihr! Aber es gibt hier nichts zu sehen; das ist die Burg der Lügen und ich bin der Herr der Lügen, und Lügen erzählen ja etwas, was es nicht gibt. Also gibt es hier nichts zu sehen."

Wir schwiegen. Was hätten wir sagen sollen?

„Ihr schweigt immer noch, meine Kleinen?", fuhr die süßliche Stimme jetzt wieder fort. „Glaubt ihr mir nicht? Ich habe eigens das Gerücht verbreiten lassen, dass ihr sterben werdet, damit wir Freunde werden können, die Wachen sind nämlich sehr, sehr eifersüchtig."

Wieder war es eine Zeitlang ganz still. Auf einmal war die Stimme ganz nah an meinem Ohr, ich zuckte zusammen, als es süßlich in mein Ohr säuselte: „Mein Kleiner, hab keine Angst, wie heißt du?"

„Günther", stieß ich trotzig hervor, denn ich war dieser Stimme ausgeliefert und musste doch etwas sagen.

„Das ist ein schöner Name, ein wunderschöner Name, mein Kleiner. Weißt du, dass dieser Name aus der französischen Sprache kommt und ‚der Feuerrote' bedeutet? Das passt gut zu deinen roten Haaren, mein Kleiner."

Ich war empört, denn ich wusste doch genau, dass ich keine roten Haare habe, aber die Stimme verunsicherte mich. Vielleicht waren meine Haare unterwegs rot geworden, und ich hatte es nur nicht gemerkt? Wenn schon mein Name „der Feuerrote“ bedeutete? Die Stimme umsäuselte nun Brigitte und Pia, und auch sie gaben ihre Namen preis. Die Stimme hatte etwas Unwiderstehliches, wenn ihr versteht, was ich meine.

„Meine lieben Freunde, Günther, Pia und Brigitte“, betörte die Stimme nun wieder. „Wir wollen doch Freunde werden. Wollt ihr nicht meine Freunde werden?“

„Ja“, riefen wir wie aus einem Munde, ohne es eigentlich zu wollen, aber die Stimme hatte doch wirklich etwas Freundschaftliches und Warmes, und wir fühlten, dass wir dieser Stimme vertrauen konnten.

„Das ist schön, Kinder, dass ihr meine Freunde werden wollt. Ich will auch euer Freund sein, euer erster Freund, denn ich weiß, ihr habt nie Freunde gehabt, ihr seid einsam und eure Eltern waren böse zu euch, aber habt keine Angst, ihr seid jetzt bei mir.“

Und wir waren nun wirklich froh, weg von unseren Eltern zu sein, bei dieser lieben Stimme.

„Als Zeichen unserer Freundschaft nehme ich euch jetzt die Fesseln und die Augenbinde ab", sagte die Stimme.

Aber es geschah nichts.

„Nun, wie ist es ohne Augenbinde?", fragte die Stimme.

„Aber es ist doch immer noch so schwarz wie vorher", sagte ich.

„Ja, das ist es eben, Günther. Es ist schwarz hier, es gibt nichts, aber bewege einmal die Hände, dann weißt du, dass du frei bist."

Gehorsam bewegten wir die Hände, ja tatsächlich, wir trugen keine Fesseln mehr.

„Nun will ich euch etwas Schönes zeigen", sagte die Stimme, und auf einmal erstrahlte der Raum in den schönsten Farben, die ich je gesehen hatte. Es war ein prächtiges Schauspiel, Lichter in allen Farben des Regenbogens, es war unbegreiflich schön. Der Raum wurde auch wunderbar warm, im Hintergrund hörten wir schöne Musik, und wir fühlten uns froh und geborgen, und es war wirklich großartig.

„Ja, so ist das Leben mit mir, meine Freunde", sagte die Stimme, „ihr könnt alles haben, was ihr euch wünscht, jedes Bild kann ich euch zaubern."

„Aber wer bist du und wie heißt du", fragte ich, „und wo bist du, ich kann dich nicht sehen!"

„Ich bin der Herr der Lüge", sagte die säuselnde Stimme, „manche nennen mich Malum, den Lügenschmied, manche nennen mich Kaspar, den Lügenschneider, manche nennen mich Viper, die Schlange, manche nennen mich Tentatio, die Versuchung. Ich habe viele Namen. Das macht nichts. Alle Namen sind richtig, nennt mich, wie ihr wollt. Vielleicht wollt ihr mich Papa, den Vater der Lügen nennen? Oder Mama, die Mutter der Lügen?"

„Ich will dich Antonia nennen, so heißt nämlich meine beste Freundin", sagte Pia.

„Und ich will dich Franziska nennen, so heißt meine beste Freundin", sagte Brigitte.

„Dann nenne ich dich Hans, denn das ist mein bester Freund", sagte ich.

„Das ist schön", säuselte die Stimme, „das ist schön, so sind wir doch wirklich Freunde geworden", und die Farben glitzerten, und die Musik war wunderbar.

„Aber warum können wir dich nicht sehen, wenn wir nun Freunde sind?“, fragte ich, denn ich mag es nicht, wenn ich jemanden nicht sehe; darum mag ich auch das Telefon nicht.

Aber die Stimme säuselte nur freundlich: „Man kann mich nicht sehen, niemand kann mich sehen, weil es mich eigentlich nicht gibt. Ich bin nur die Stimme, und wenn diese Stimme schweigen muss, dann bin ich nicht mehr. Ich bin nur meine Stimme und darum rede ich so gern, weil ich dann weiß, dass es mich gibt, und in Wirklichkeit gibt es mich so oft und so sehr und so viel, dass es wunderschön ist!“

Ich verstand damals nicht alles von dem, was die Stimme sagte. Ich verstand nur, dass die Stimme nur eine Stimme war und dass da kein Kopf war, aus dem sie herauskam, und kein Körper, auf dem der Kopf saß. Seltsam eigentlich, nicht?

„Machen wir doch eine Reise gemeinsam“, sagte die Stimme und auf einmal war es wie im Traum, wenn man etwas ganz Schönes träumt; wir wanderten durch schöne Landschaften, liefen über grüne Wiesen, tranken Wasser aus sprudelnden Quellen, spürten den Sand an einem Strand zwischen unseren Zehen, kletterten auf einen Felsen und konnten das ganze Tal überblicken, dann waren wir auf einmal auf einer Bergspitze, und dann flogen wir dahin, unter uns schneebedeckte Berge und dann weite Wüsten und dann das Meer; und wir flogen und flogen, und es war wunderschön. Wir kamen auch durch Städte der Menschen, und dann waren wir unsichtbar und gingen unsichtbar in unserer Heimatstadt herum, nahmen einem Mann den Hut vom Kopf und warfen ihn auf die Straße, und wir zwickten einen Lehrer, den wir eben trafen, ins Hinterteil, und wir drängten uns in den Bus, ohne zu zahlen, und ich klaute einem Mädchen die Jause, und dann flogen wir weiter, es war wunderschön.

Und wir flogen in ein Schloss, das ganz aus Glas gebaut war, und da trafen wir uns wieder.

„Ja, meine Lieben“, sagte die säuselnde Stimme wieder, „so schön ist es im Land der Lügen. Ist das nicht wunderbar?“

Und wir nickten.

„Ich möchte alle Menschen damit glücklich

machen, ihr müsst mir dabei helfen. Wollt ihr mir helfen?“

Wieder nickten wir.

„Habt ihr schon einmal gelogen?“, fragte die Stimme.

„Ich hab einmal zu Mama gesagt, dass mir ein Teller hinuntergefallen ist, obwohl ich ihn absichtlich hinuntergeworfen habe“, sagte Brigitte.

„Ich hab einmal zu Papa gesagt, dass ich mein Mathematikbuch in der Schule vergessen hatte, damit ich zu meinem Freund gehen konnte“, sagte ich.

„Und ich hab einmal ein bisschen Geld aus Mamas Tasche beim Einkaufen genommen, um mir Schokolade zu kaufen, und hab ihr gesagt, dass ich das Geld verloren habe“, sagte Pia.

„Seht ihr“, sagte die süßliche Stimme, „ist das Leben nicht schöner durch die Lügen?“

Wieder nickten wir.

Und die süßliche Stimme fuhr fort: „Wenn die Menschen alle in einer Welt der Lügen leben könnten, würde es keine Schmerzen mehr geben. Und keine Krankheit. Und keinen Tod. Und keinen Streit und keinen Hass und keine Enttäuschung. Wäre das nicht wunderbar?“

Wieder nickten wir.

Und die säuselnde Stimme, die nun immer näher um uns herumschwänzelte, fuhr fort: „Es gibt doch schon Leute, die sich die Haare färben, um nicht grau zu sein; die zum Arzt gehen, um jung auszusehen; es gibt doch Leute, die Pillen nehmen, damit sie diese Welt vergessen und dann ganz glücklich sind; es gibt doch Menschen, die am liebsten vor dem Fernseher sitzen, weit weg von ihren Sorgen und Nöten. Und es gibt Menschen, die im Internet hunderte Freunde haben und sich deshalb mit niemandem mehr treffen wollen zum Reden oder zum Spielen. Ist das nicht so?“

Und wieder nickten wir.

„Ja, seht ihr, Lügen machen das Leben leichter, machen das Leben lebenswert“, sagte die Stimme. „Und ich möchte, dass mein Land der Lügen überall ist, im Land der Wörter und im Land der Träume, im Land der Menschen und im Land der Gedanken, im Land des Wissens und im Land der Gefühle. Alles soll Lügenland sein, denn dann gibt es keinen Schmerz und keine Sorge, keine Angst und keine Krankheit mehr. Alles wird wunderbar."

Wir waren begeistert, das musste doch schön sein!

„Ja, und ihr sollt mir dabei helfen, Kinder", sagte die Stimme. „Ihr kommt doch aus dem Land der Wörter, da habt ihr gesehen, wie traurig und alt und krank und trübsinnig manche Wörter sind, nicht wahr?"

Und wieder stimmten wir zu, es stimmte ja auch!

„Ja, und das muss doch nicht sein. Ich möchte ganz neue Wörter erschaffen, schöne Wörter, Wörter der Lüge, und ich möchte, dass ihr diese Wörter anpflanzt, so wie man Bäume anpflanzt. Wollt ihr das machen?"

Natürlich waren wir begeistert! Wir hatten schon längst unsere eigentliche Mission vergessen und waren Feuer und Flamme für diese neue Idee.

„Das ist schön, das ist sehr schön, dass ihr mir helfen wollt", sagte die Stimme, „ein paar Menschen helfen mir schon, sie sind auch recht fleißig, aber es sind viel zu wenig, viel zu wenig, es dauert so lang, bis die Lügen sich durchsetzen, es dauert viel zu lang. Aber wenn ihr mir helft, wird das wunderbar."

Wir fühlten uns geschmeichelt und waren froh, helfen zu können.

„Zuvor müsst ihr aber all den Schmutz der Wahrheit abwaschen lassen, Kinder. Werdet ihr das machen?"

Natürlich!

„Dann kommt nur mit, die Kleider könnt ihr anbehalten, ihr werdet auch nicht nass!"

Wir fanden uns im schönsten und größten Bad, das ich je gesehen hatte, und stellten uns unter die Dusche. Es war großartig, in allen Farben prasselten Tropfen köstlichen Wassers auf uns herab. Ich glaube fast, es waren wunderschöne Wörter, die auf uns herabtropften. Es war wie neu geboren werden, ich wünschte, es würde niemals aufhören.

Doch da geschah etwas Schreckliches!

Pia ist sehr neugierig, sie musste sich unbedingt die schönen Mosaiksteine im Badezimmer ansehen. So stieg sie als Letzte unter die Dusche; sie hatte doch noch den Schleier des Schweigens in ihrer Tasche, und sobald das Wasser das Tuch berührte, zersprangen die Dusche und das ganze Bad in tausend Stücke.

Und in der Mitte der Trümmer stand ein grässlicher Kerl, der Lügenschmied, der uns wütend anblickte und zu brüllen begann: „Ihr Narren, ihr vermaledeiten Narren, jetzt habt ihr alles kaputtgemacht!" Seine Stimme war kein bisschen süßlich mehr!

Ich weiß nicht, warum, aber ich nahm Pia den Schleier des Schweigens aus der Hand und ging damit auf den Unhold zu; der wich zurück, aber ich war schneller und band ihm den Schleier um den Mund. Fragt mich nicht, warum ich das getan habe, ich fühlte nur, dass das in diesem Augenblick wichtig war. Sobald der Schleier sich um den Mund des Lügenschmieds geschlossen hatte, fiel das Schloss, in dem wir waren, fiel das Gebirge, auf dem das Schloss stand, fielen die Bäume des Gebirges, fiel alles in sich zusammen. Wir wurden weit weggeschleudert und verloren das Bewusstsein.

11. KAPITEL

BUCHHANDLUNG
SCHLAFLIED WAHRHEIT LÜGE
WÖRTERBUCH TRAUM SCHREIBTISCH HAUPTWORT
WIMMERN WORTFAMILIE BÜCHERSTUBE VOLLVERSAMMLUNG
STILLE UNWAHRHEIT GESCHWÄTZ **DAHEIM** SCHEIN STREIT
WORTLOSIGKEIT KICHERN REDEN GÜNTHER KRAFTAUSDRUCK
TÄTIGKEITSWORT LEXIKON GEFÄNGNIS LEITER DISKUSSION
KULTUR JAUCHZEN **LAND DER TRÄUME** WORTSPIEL FREMDWORT
SCHLEIER SCHOKOLADE DICHTERWERKSTATT LÜGENSCHMIED
DISKUSSION BRIEF KLOSTER DES SCHWEIGENS ERINNERN GEDANKE GEBET
PLAPPERN FLÜSTERWALD FLUSS DES VERGESSENS FATA MORGANA LÜGENGEBÄUDE
BUCH FLÜSTERN SCHREIBEN SCHLANGE GEBIRGE MENTIRA **SONNENSTRAHL** PARLAMENT
BUCHHANDLUNG SCHLEIER LÜGENLEITER STUMM GEPLAPPER JUNGBRUNNEN
WÖRTERBUCH BURG DER LÜGEN HAUPTWORT GUTENACHTGESCHICHTE WIMMERN
LIEBLINGSWORT GEHEIMSPRACHE SCHWEIGEN NACH HAUSE ANSPRACHE WEISHEIT
UNWAHRHEIT WERBUNG SCHEIN STREIT PLAPPERMÄULCHEN LÜGENPRESSE WORTLOSIGKEIT
KICHERN GEDICHT VERLEUMDUNG KRAFTAUSDRUCK GUTENACHTGEBET BUCHSTABE TÄTIGKEIT
LEXIKON KLUGHEIT ORAKEL GEREDE RECHTSCHREIBUNG SPRACHKULTUR JAUCHZEN
SCHWEIGEKLOSTER ZEITUNG WORTSPIEL KOBOLD FREMDWORT ANMUT BESCHIMPFUNG
DICHTER BIBLIOTHEK SCHÖNE WORTE VERTRAUEN WORTSCHÖPFUNG SATZ

Es muss ein Sonnenstrahl gewesen sein, der mich an der Nasenspitze gekitzelt hatte. Wir lagen auf einer Blumenwiese und die Sonne schien in unser Gesicht. Hinter uns lagen die Trümmer des Lügengebirges, es hatte wohl seinen Schöpfer und Herrn, den Lügenschmied, unter sich begraben.

„Bin ich froh", sagte Pia nur. Im Nachhinein fröstelten wir. Was hätte geschehen können, wenn wir in diesem Schloss geblieben wären!

„Ich will nach Hause", sagte Brigitte nur.

„Sollten wir nicht zuerst zu König Logos gehen und ihm erzählen, was wir erlebt haben?", fragte ich. Ich wollte, ich gebe es zu, auch gelobt werden für das, was wir getan hatten.

„Später, zuallererst will ich nach Hause", sagte Brigitte, und Pia nickte.

„Ja, aber wie stellt ihr euch das vor?", fragte ich, „wir sind hier doch weit weg von daheim, und dort drüben ist der Fluss des Vergessens, den wir nicht überqueren können!"

So saßen wir und grübelten.

„Ich hab's!", rief Pia plötzlich, „wir können durch das Buch steigen, genauso wie wir hergekommen sind!"

„Welches Buch?“, fragte ich.

„Ich hab doch das Wörterbuch mitgebracht“, sagte sie und hielt stolz das Buch hoch, das wir vom Wortlosen bekommen hatten.

Ja, und so machten wir es auch. Brigitte hatte ein wenig Angst, wir wussten ja nicht, wo wir hinkommen würden, es hätte ja auch ein ganz anderes Land sein können.

Aber tatsächlich: Nachdem wir durch das Buch gestiegen waren, landeten wir in der Bücherstube in unserer Stadt. Wieder drängten sich viele Leute im Geschäft, und es fiel gar nicht auf, dass auf einmal drei Kinder aus einer Ecke des Buchgeschäfts kamen.

Der Buchhändler zwinkerte uns zu: „Habt ihr etwas gefunden?“

Und wie aus einem Mund riefen wir: „Eine ganze Menge!“, und er lächelte und sagte: „Wenn ihr wieder etwas sucht, kommt ruhig wieder zu mir“, und wir wussten, was er meinte, und bedankten uns.

Dann gingen wir durch die Straßen nach Hause. Es war alles wieder wie immer, die Leute redeten miteinander, dort vorne schimpfte ein Mädchen mit seinem Dackel, dort drüben redeten zwei Frauen über einen Kinofilm, vor uns unterhielten sich zwei Männer über ein neues Auto. Es war alles wie immer und doch ganz anders. Jedes Wort war wertvoll geworden, wenn ihr versteht, was ich meine.

Die Begrüßung bei den Eltern war auch wie immer und doch ganz anders, ich weiß nicht, wie ich es ausdrücken soll. Wir waren doch tatsächlich nicht länger als eine Stunde in der Bücherstube geblieben! Und dabei hatten wir so viel erlebt!

Ja, und nach dem Abendessen, der Gutenachtgeschichte und dem Abendgebet lag ich noch länger wach und dachte an meine Freunde, an Hoppala und Freund, an Anmut und Hilde, an den Wortlosen und König Logos. Und es gäbe noch so viel zu erzählen!

Wir sind doch dann gemeinsam ins Land der Wörter zurückgekehrt, haben unsere Freunde besucht und neue Freunde kennengelernt, und im Land der Träume waren wir auch, da war die Geschichte mit Somnia, der Traumspinnerin, und die Geschichte mit Sabia, der Sandfrau, die uns zum Einschlafen bringt. Und die Geschichte mit Colorix, der die Farben unserer Träume macht, und so vieles mehr. Und die Geschichte mit König Logos, der uns einem ganz geheimen Wort vorstellte, und die Geschichte von der Geheimsprache, die wir erlernen durften. Und das Schönste ist, dass mich nun manchmal die Wörter zu Hause besuchen! Und wir reden miteinander und spielen miteinander, und dann lerne ich wieder ein neues Wort kennen, und meine Mutter hat gesagt: „Wenn du groß bist, wirst du deine Liebe zu den Wörtern und deine Liebe zu den Menschen sicherlich in einem Beruf verbinden." Das werden wir ja sehen.

Wie? Wie man das macht, dass die Wörter auf Besuch kommen? Das ist ganz einfach: Ich habe sie eingeladen!

Aber jetzt ist es genug für heute. Ein andermal erzähle ich euch mehr, auch die Geschichte von dem Wort, das jahrelang in einem verstaubten Buch eingesperrt war, und die Geschichte von dem Wörtererfinder, der dann selbst ein Wort geworden ist. Aber das ein andermal. Für heute: Gute Nacht!